よみがえる連歌

昭和の連歌シンポジウム

国民文化祭行橋市連歌企画委員会＝編

海鳥社

発刊の言葉

行橋《ゆくはし》市長　八並康一

神社の鬱蒼と繁った木立の中を風が吹き抜けてゆく。私の考え込む耳に蟬の声が忍び込んでくる。今井須佐神社の境内で執り行われる伝統豊かな社頭連歌に初参加した時のことだ。読んだことのない歌を何とか一つと、焦れば焦るほど、汗が滴り落ちるだけで、歌はなかなか浮かんでこない。執筆や宮司、連衆の温かい声も遙か遠くに聞こえ、苦しみは増すばかりである。やっと一つ披露すると、「今一度詠み直し」と厳しい指摘。どこをどう改めるべきか、また悩みはじめる。

しかし、悠然と坐りながら、暑さもどこ吹く風と、さらりと披露される先輩方の歌は、感動、また感動であった。大先輩の恋の歌など、吸い寄せられるような心遣いがあり、日本人の持つ繊細な心根が滲み出るようで、何とも爽やかであった。

春夏秋冬の季節あり、生活全般にわたる思いあり、恋あり、悩みありと、連歌はこうして

八並康一行橋市長

詠み続けられ、四百余年を超えてきたのかと思うと、その感激も一層深さを増して心に響いた。

　ここ、湊今井津は、古代の遺跡群が広がり、昔から人々の息づいた歴史を偲ばせる多くの史跡に囲まれた地域である。また周防灘の豊富な海産物や京都《みやこ》平野の肥沃な台地での稲作、蔬菜、果樹栽培など、人々の熱い息吹が聞こえてくる土地柄でもある。

　今井津の人々は、めぐりくる季節に、どんな思いを込めてきたのだろう。時には荒々しく、時には穏やかに語りかける海や川、田畑や野山。自然を彩る花鳥風月、里人の生活、有史以来の土地の姿や形を連歌にしなければと、悪戦苦闘する地域の人々の姿が脳裏に去来する。

　この素晴らしい地域で、語り続けられ、受け継がれてきた今井須佐神社の奉納連歌は、私たちにとってはかけがえのない貴重な宝物である。歌を司り、式典を守ってこられた福島家をはじめ、浄喜寺の関係者、歌詠みを続けてこられた人々、そして車上連歌にかける地域住民の熱い思いなど、全てが相和して伝統は守り抜かれてきたことと思う。

　かつて多くの神社では、連歌の奉納は当たり前だったといわれる。しかし、今、全国で唯一残った今井須佐神社。この社が鎮座する行橋市で第十九回国民文化祭の連歌大会が挙行されることは大いなる喜びであります。
こうした中、本神社のご協力を戴き、昭和の連歌シンポジウムが纏められ、監修されて『よみがえる連歌』として刊行され、平成の連歌の本大会に提供されることは意義深く、文化の薫り高い町づくりをめざす七万市民とともに喜びを分かち合いたい。関係各位に心からの感謝を申し上げ発刊の言葉といたしたい。

平成十五年八月

現代と連歌

大阪大学名誉教授　島津忠夫

いま、連歌が静かなブームとなっている。思えば、その引金になったのが、昭和五十六年十一月の「奉納連歌シンポジウム」だった。あの時は、ほとんど一日がかりでようやく歌仙（三十六句）を巻いたのが、今は、三、四時間で世吉《よよし》（四十四句）を巻くことができるまでになっている。

大阪大学から出ている「語文」の第十四輯（昭和三十年三月刊）は「連歌研究特集」で、私も論考を寄せているが、その「編輯後記」に、「心敬連歌論の課題」のすぐれた論考を書かれている田中裕氏は、「連歌が現代の文学形式として蘇りうるとか、蘇らさねばならないとは私も考えていない。さういふ意味で直接現代に生きることは、もはや不可能であろう」と言われている。

私も新潮日本古典集成の『連歌集』（昭和五十四年刊）の「解説」に編集者との問答の形

で、「俳諧をも含めて、なぜ連歌形態の文芸はおこなわれなくなったのでしょうか」という問いに対して、「現代において連歌を詠むということ、それはそれなりの意味があろうかとは思いますが、従来の形式のままでの発展よりも、むしろ座の文学という視点を生かした試みの方が、大切ではないでしょうか」と答えるにとどまっている。それが、今日では、浜千代清宗匠の没後、鶴崎裕雄・光田和伸両氏とともに交互に大阪平野の杭全《くまた》神社連歌所における月次《つきなみ》連歌の宗匠を勤めるまでになっている。

実は、高辻安親氏より、行橋市の今井津須佐神社で連歌のシンポジウムをしたいと持ちかけられた時は、どうなることかと思ったが、連歌研究の大御所故金子金治郎氏、かつて山田孝雄氏のもとでの連歌経験のある故浜千代清氏らの快諾を得、さらに九州一円はもとより、遠く筑波より、大阪より大勢の方が出席されて奉納連歌のありかたを熱心に討議され、おそらく私の参加した学会のシンポジウムの中でも、一、二を争う成功した例となったばかりでなく、ずっと連歌の火を灯し続けて来られた今井津須佐神社の連歌の今日の隆盛の基礎を築くことにもなり、また、先に挙げた杭全神社、岐阜県郡上郡大和町の明建《みようけん》神社、同じく岐阜県揖斐郡揖斐川町瑞巌寺の連歌、さらには大阪の朝日カルチャーに連歌の講座ができるまでに至っている。さらに平成十六年秋には、はじめて「国民文化祭ふくおか」に正式に加わることになり、そのプレ大会が本年十月に行橋市で行われようとしている。

この際、その原点となった「奉納連歌シンポジウム」の記録が出版されることはまことに意義深いものがあると言えよう。

平成十五年四月吉日　　北摂・川西市の寓居にて

よみがえる連歌——昭和の連歌シンポジウム◉目次

＊掲載写真で断りのないものは、昭和五十六年十一月二十二・二十三日に開催された「奉納連歌シンポジウム」にて撮影。また、シンポジウムの講師陣・参加者の肩書きは当時のもの。

よみがえる連歌

昭和の連歌シンポジウム

連歌を伝えた風土と須佐神社。手前から，中腹に須佐神社が鎮座する元永山，沓尾山，蓑島山（1980年頃撮影）

初めての奉納連歌シンポジウム

須佐神社宮司　高辻安親

紅葉の美しい昭和五十六年十一月二十二日、本神社には東京、茨城をはじめ全国から連歌に関心の深い専門家が集まり、奉納連歌をうけついでいる地元の人たちを合せて一二〇人で、全国でも初めての奉納連歌シンポジウムが盛大に開催された。これからの奉納連歌のあり方に検討を加える研究者による講演と討議が、翌二十三日には、その成果に基づき歌仙《かせん》連歌一巻が六十三名の連衆《れんじゅ》によって巻かれた。発句《ほっく》から初折《しょおり》裏の三句目までを講師陣と本神社側が交互に詠む一巡の形をとった。

二十二日定刻十時、本神社から遠来の参会者に深い感謝の挨拶を述べ、奉納連歌の今後のあり方について十分な検討を要請した。

会は島津忠夫教授の適切な司会によって始められ、まず浜千代清教授が、俳諧と連歌との関係、式目《しきもく》の問題を概説するとともに、外来語は一座五句物とすべきこと、世吉《よよし》（四十四句）が現在の社頭連歌に適した形だといったような具体的な提言も行った。

次に棚町知弥教授は、太宰府天満宮をはじめ社寺連歌の綿密な調査研究に立脚した奉納連歌論を展開、座の文芸としての連歌復活の可能性を示唆した。

臼田甚五郎教授は、豊富な民俗調査の成果を駆使して唱和文芸から連歌にいたり、笠着《かさぎ》に及び、特に女性の参加を高く評価、これからの女性参加を強く要望した。

最後に立った金子金治郎教授は、海外の連歌研究事情、現代詩への連歌の影響に始まり、連歌史における地方の役割を重視するとともに、一句の独立と緊密な付合《つけあい》、風雅に代わる現代連歌・連句のバックボーンの必要性を強調された。

続いて討議に入り、島津教授の明快な司会によって質疑応答など発言が続出した。

「本来、笠着である車上《しやじよう》連歌は社頭連歌とは異なる次元で考えていいのではないか」（筑波大学・奥野純一教授）

「聖と俗、連歌と俳諧を止揚する立場で考えてみよう」（福岡大学・白石悌三教授。ともに要旨）。

さすがに専門家による有益な発言が、「学会でもこのように活発ではありませんよ」（島津教授）といわれるくらいに続いた。

発言は用語の問題に集中したようだが、純正連歌を固守しようという声はほとんど聞かれず、ここ数年間、本神社の奉納連歌がとってきた、表十句と挙句《あげく》近くを連歌で行き、中間は俳諧もよしという原則が認められたような結果となった。このシンポジウムの成果は長い年月をかけて本神社の連歌作品に盛り込まれていくことになろう。

今回のシンポジウムと連歌張行《ちょうぎょう》は広くマスコミの関心を呼び、「朝日新聞」、「毎日新聞」、「西日本新聞」、「読売新聞」の四紙が事前・事後に報道し、テレビではＮＨＫ、ＲＫＢ、ＫＢＣ、ＦＢＳがいっせいにニュースで流した。なお、十二月八日、ＮＨＫテレビが「話題の窓」（朝七時三十分、昼一時二十五分）で当日の模様を放送する。

シンポジウムと歌仙連歌張行の十一月二十二・二十三日の二日間は、同時に本神社社務所で連歌関係の資料展が開かれ、全国から集まった研究者に好評を得ていた。

これは太宰府天満宮、綱敷天満宮、四日市渡辺家（当主・研《みがく》氏）の特別な好意によって近世を中心にこの地方に関連の深い連歌懐紙《かいし》などの資料を展示したもの。特に渡辺家資料はごく一部の人の目にしかふれたことがなく、学会で近世連歌の研究が進んでいない実情もあって、非常に注目された。

この展示会は九州工業大学・石川八朗教授を中心とする地元研究者の長年にわたる準備活動によって実現された。

この一連の催しは、本神社「昭和のご造営」の一環として企画されたものである。

昭和五十六年十二月一日

講演

連歌をめぐって

シンポジウムにて。演壇の講師陣

法楽こそ連歌の原点　俳諧とどう離れるか

京都女子大学教授　浜千代《はまちよ》　清《きよし》

和歌・連歌・俳諧

このお話し合いの前座を承りまして、連歌と俳諧とのかかわり方、あるいは離れ方、というようなことについて考えておりますことを申し上げたいと思います。と申しますのも、連歌を単なる伝統芸能の継承のような形ではなく、現代の連歌として考える場合、どうしても現代の俳諧とか連句とかと、どこがどのように違っているのかという問題にならざるをえないからであります。つまり、奉納俳諧ではなくて奉納連歌である所以《ゆえん》はどこにあるか、ということでございます。そしてこのことは、このシンポジウムのテーマであります「連歌はよみがえりえないか」に必然的にかかわろうかと思います。私としましては、連歌は現代によみがえりうると考えております。

さて、日本独自の文芸でありますす和歌、連歌、俳諧の発展の仕方を見渡してみますと、和歌におきましては『古今和歌集』の序文でも明らかなように、漢詩に対するやまとうたという自覚が、優美繊細な歌体を磨きあげてきました。その和歌から生まれた連歌は、合作・連想文芸という特質を、和歌を向かい側に置きながら深めていったと言えましょう。そして俳諧は、連歌をくだけた形にするところから生まれたのですから、あくまで主人は連歌、俳諧は下僕同然と見られていましたが、芭蕉はこれを対等の位置にまで高めようとしたわけです。しかしこれは容易なことではなかった。漢詩に対する和歌、和歌に対する連歌の場合は、明らかに形態の違いというよりどころがありましたが、俳諧の場合にはそれがありません。素材や用語の違いだけです。しかもこの素材や用語が、滑稽な付合《つけあい》、平俗な付合という俳諧を成り立たせているのですから、これを高尚にすれば俳諧でなくなってしまいます。

芭蕉の「風雅」

そこで芭蕉の考えたことは、俗なる素材や漢語・日常語を用いて詩的世界を展開することは可能であるか、ということでありました。和歌や連歌はこれらを厳しくしりぞけるところに成り立っているわけですが、芭蕉は逆にこれらを積極的に取りこんで新しい詩をうち立てようとしたことになります。しかしそのためには、自分の方に、ノミやシラミに詩的価値を見出す目と、詩的世界に組み入れる心とがなければなりません。つまり詩的創造精神が当然のことながら不可欠となります。

芭蕉の深川時代はこの精神を深め豊かにした時期でありましょう。杜甫を読み、『山家集』を味わい宗祇《そうぎ》を想い、そして「野ざらしを心に風のしむ身かな」の旅でこの精神を確かめた結果、芭蕉はこれを「風雅」ということばで表明しました。「西行の和歌における、宗祇の連歌における、雪舟の絵における、利休が茶における、その貫道するものは一なり。しかも風雅におけるもの、造化に随ひて四時を友とす」という有名なことばがそれであります。

「造化に随ひ四時を友とす」とあるところから、隠遁者とか現実逃避とか、よく言われますけれど、決してそうではありません。それはさっきの文章に続いて、「見る処、花にあらずといふ事なし。思ふ所、月にあらずといふ事なし」とあることによってわかります。ここも難解なところですが、私としては、「おれは美を美として味わうんだ」という宣言であると理解しております。これは高踏的な趣味論などではなく、実は元禄という経済至上主義社会に対決しようとする宣言です。花が咲く頃は何をやったら儲かるか、月見の趣向をどうするか、というような、すべてを金に換算したり、快楽の手段とする元禄社会に、真っ向から立ち向かったのが、芭蕉の風雅だと私は思っております。芭蕉が利休を挙げたのも、秀吉の黄金の茶に対決した茶人としてとらえたのではないかと思われます。

「余が風雅は夏炉冬扇の如し」。風雅はすなわち俳諧でありますが、こうして芭蕉俳諧は連歌と肩を並べる詩的ジャンルとなったわけです。しかし連歌を対立する文芸と見る態度は、生涯変わることがなかったように思われます。連歌からいかに遠く離れるか——、これが芭蕉の苦心するところではなかったか、そのあらわれが新しみであり、軽みではなかったか、とさえ思われるのであります。

法楽連歌の精神

さて、このような芭蕉の行き方が、実は現代の連歌を考える上において、たいへん力強いよりどころになるのではないかと思うのであります。時代は、かつていみじくも昭和元禄と呼ばれたように経済至上主義の社会であります。科学技術を信奉しこの社会を謳歌する、あるいはその反対に人間疎外の時代を嘆く、といった人間本位の行き方のある一方に、芭蕉の風雅の精神に共鳴する文芸理念があってよかろうと考えます。

浜千代清氏（故人）

それは、法楽《ほうらく》連歌の理念であります。もともと連歌は、神仏に国土安穏・万民和楽を祈る使命を持ち、また連衆の雅遊によって神仏を慰め奉る文芸であったのであり、この今井祇園社の連歌もその精神を中核として四五〇年の意義ある歴史をもって今日に及んでおります。従って別に事新しいことを申しているわけではありません。しかし、この法楽連歌の精神は、現代においてこそ再確認されるべきものと考えます。ここに現代の連歌の原点があると思うのでございます。おことわりしたいと思いますが、私としましてはこうした連歌を、現代文芸の中に伍してその存在を主張すべきものであるとは考えません。そのような次元を離れているのが、さきほどより申しあげて参りました風雅であり、法楽の精神であります。もちろん、この精神に関心を持ち、参加下さることはこの上もなく喜ばしいことでございます。

この法楽の精神は、現代の俳諧と連歌が一線を画する重要なポイントとなるはずであります。連歌は本来古典を規範とする文芸であって、生々しい現実を昇華しております。また、物の本意に対する伝統的な理解ができていて、春は春らしく、恋は恋らしく構想することになっています。春にも台風なみの嵐があり、恋の喜びに酔いしれることは、昔も今も変わりがないはずですが、本意を心得ぬ句は返されることが必定であります。しかし現代におきましては、歌語あるいは雅語に対する語感を失っております。守武の、「元日や神代のことも思はるる」という句から、ご遷宮もできないまま傷む一方の神殿を仰いで、思わずもらした嘆息を聞きとる人は、まずないと言ってよろしいでしょう。実は「元日」が連歌には用いない漢語ですから、神々しさをたたえるといったモチーフではないことがわかるのですが。ですから現代の連歌で、古典主義を強調することは適当ではないと思います。しかし法楽の精神は、神に捧げ奉るために、素材も用語もおのずからこれを吟味するはたらきをするはずです。それが具体的にはどのようなものであるかは、これからの作品によって次第に形を整えてゆくことになりましょう。

「神は非礼を受けず」――というような心くばりから全く自由であるのが、俳諧だと申せましょう。ここでは人間らしさよりも人間臭さが面白く、自分を無にすることよりもその才智を誇ることが楽しい。それでよろしいわけです。ただ、話がややこしくなるようですが、芭蕉の俳諧は別で、むしろ私たちの連歌の手本の一つであると思っております。その芭蕉のことばに、「春雨の柳は全体連歌なり。田にし取る烏は全く俳諧なり」というのがあります。連歌と俳諧との区別に苦心した芭蕉らしい、明解な比喩であります。これを現代の連歌と俳諧にあてはめることによって、両者の相違についてのしめくくりとしたいと存じます。

序破急の法則に従う世吉

さて次に、形の上から俳諧とはっきり区別できる行き方としまして、これは金子先生からお教えをいただいたのですが、世吉《よよし》を挙げたいと思います。懐紙二枚を用いて合計四十四句、つまり世吉でございます。この形態は実作の上でも容易に実行できるものですし、歌仙形式の俳諧とは明らかに異なるという意識が自然と生じてきます。どういう懐紙か図に示します。

進行の仕方は、このように序破急の法則に従います。つまり、百韻連歌の懐紙の形態に基づく現代の懐紙として考えたらどうであろうか、と思うのでございます。序の部分は初折裏《しょおり》の二句目までとすれば、なおよろしかろうと思います。月は三句ないし四句、花は二句ということになりましょうか。

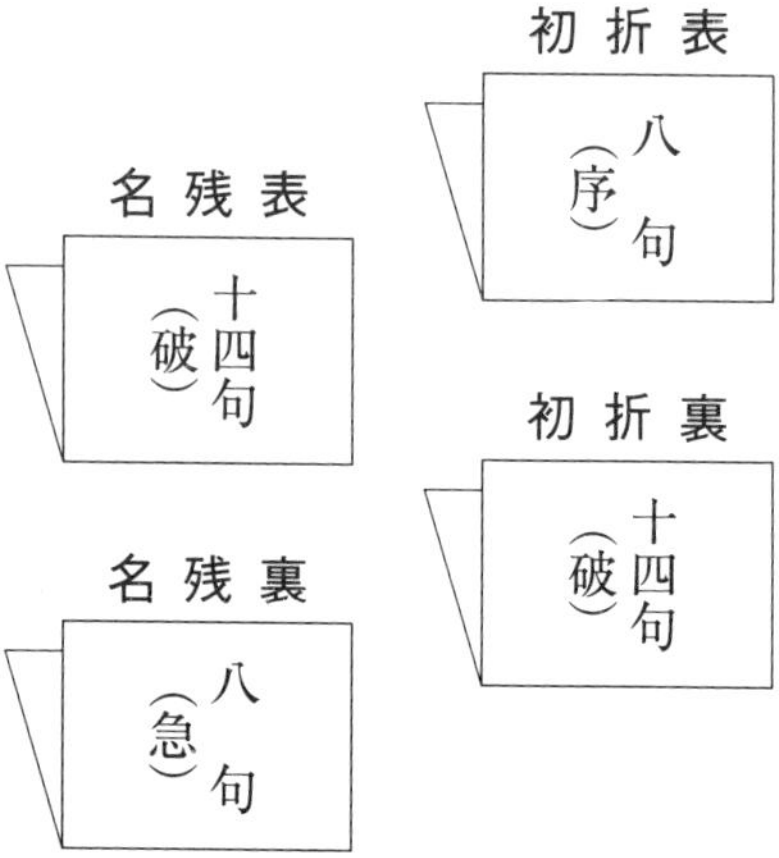

世吉の構成

新しい時代の式目

新しい時代の式目《しきもく》としては、当社の「連歌新則」（一八〇ページ参照）に実に要領よくまとめられておりますが、この規則の中に、できたら加えたいと思いますのは、時事用語と外来語についての制限です。外来語が入りますと、極端にいえば川柳化するわけです。これは不思議と川柳化します。ですから、外来語、つまり片仮名で書くような素材は、四十四句の中でせいぜい五句までです。一座五句物というふうに考えたらどうでしょうか。同じように時事用語は、非常に新しいことばですね。そして刺激が強い。そういうようなものもやはり制限しとうございます。というのは、そういうことばが出ますと、どうしても興奮しますね。興奮しますと、どうしても神様を忘れますね（笑）。それでは法楽になりません。言い方が極端になりましたが、このくらいに考えた方がいいのではないか、人間より神様がはるか上の方にいらっしゃるんだ、という考え方を基調とする場が連歌ではないか、そういうふうに思うわけです。

連歌には体《たい》と用《ゆう》という区別がございました。これは最も連歌的な制約でありますが、現代の私たちにも共感できるものだけに留意すればよろしかろうと思います。また降物《ふりもの》とか聳物《そびきもの》といったぐいも、イメージ的に同じでなければ近くとも差支えはないように思います。

こうした式目については、芭蕉が「私に法を設けて、それを人に従えというのはよろしくない。私にはとてもできない」というような意味のことを言っております。その通りだと思います。実作の場を重ねることによって新しい式目が整えられてゆくべきでありましょう。そしてそういう式目を持つということは、これまた俳諧と区別する具体的な事実となるはずであります。

連歌に酔う境地

最後にもう一つ付け加えさせていただきます。かつて山田孝雄先生から連歌の手ほどきをしていただいた時のことですが、毎回のようにお叱りを受けました。「お前のは、俳諧だ」と厳しくおっしゃるのです。初めのうちはなぜ私の句が俳諧なのかわかりませんでした。ことばは『源氏物語』から取ってきたつもりなんです。ですが、激しく叱られるんですね。それは素材や用語の次元ではなかったのでした。なんべんもなんべんも叱られて、何となく連歌と俳諧との差がわかりかけた頃、叱られる回数は減りましたが、実のところこれが連歌だと自分でも説明ができません。

今回のパンフレットに載っております付句の中で、これは俳諧だと、素材や用語の上からではなく、わかるものがあります。しかしなぜ連歌ではないのかの説明は、納得していただけるようにはできません。そこに、この道の深さもあると言えば逃げ口上になりますけれども、とにかく簡単なことでないのは確かでございます。二条良基《にじょうよしもと》のように連歌に酔うという境地は、まさに神秘的でさえあります。こうしたことについてはまた後ほど申しあげます。

私、前座を務めましたけれども、要を得ない話で、連歌と俳諧とについてその枝葉にふれたばかりでございますが、これで一応話を終わらせていただきます。

奉納連歌・実態と展望

国文学研究資料館教授　棚《たな》町《まち》知《とも》弥《や》

祈禱連歌か、連歌祈禱か

棚町でございます。筑後ですが福岡県の出でございます。準地元ということでよろしくお願いいいたします。ただいま島津先生からご紹介いただきましたように、私はここ二十年近く、太宰府天満宮を出発点にして「天神信仰と連歌」というテーマを調べさせていただいております。このシンポジウムにお招きをいただきまして、ここ今井の祇園さんの連歌そのものについて詳しく調べてご報告すべきでありますが、それはもう池田先生がご発表になっておりますし、私は天満宮の祈禱連歌の実態の一端をお話しすることで、奉納連歌の一般的状況と申しますか、バックグラウンドについて述べさせていただきたいと思います。

まず第一に、祈禱連歌か、連歌祈禱か、ということを考えてみたいと思います。実はさる文学史辞典の原稿に「祈禱連歌」という題目をもらいまして、締切が過ぎたのに原稿がまとまらず、編集の方に叱られまして、「祈禱連歌」だから締切が早いんで、「連歌祈禱」にして〟……を見よ〟と付けては、と頼んだのですが（笑）。

連歌祈禱と祈禱連歌とでは、若干違うと思います。祈禱連歌は、祈禱に用いられる連歌と申しましょうか。連歌祈禱は、連歌による祈禱ということになり、若干ニュアンスが違うようでございます。

次に、祈禱という言葉でございますが、ここにはまた、祈禱とご祈禱という違いがございます。平凡社の『大百科』の「祈禱」というところを見ましても、宗教学として、いわゆる祈りとご祈禱の違いに触れてあります。これはご祈禱連歌を考えます場合の第二のポイントだと思います。

太宰府の連歌と今井祇園の連歌

このたび太宰府町・太宰府顕彰会から『太宰府天満宮連歌史　資料と研究』という二冊の本にまとめて出していただきました。九州の地方文化史と太宰府天満宮連歌との関係を九州大学の川添昭二先生に、島津先生には文芸史・連歌史から見た太宰府連歌の位置づけをしていただき、私は太宰府天満宮神事連歌の実態そのものを報告させていただいております。その中には、太宰府連歌最後の連衆のお一人、小鳥居権宮司さんの聞き書きなども収めています。宰府では昭和の十年頃までは月次《つきなみ》連歌や笠着《かさぎ》連歌が行われておりまして、その席へこちらから福島房任さんが参加されていたことも、同氏の聞き書きに出てきます。

太宰府の連歌と、今井祇園さんの連歌とを比べます時、誰しも一番に気づきますことは、太宰府の連歌はほとんどお宮の方だけで連歌が行われていることです。これは、太宰府の場合、天満宮一山社中だけで十分な連衆が揃ったからだと思います。太宰府のお宮の方と外部の方とが合わさった連歌壇（グループ）は、明治以降にはございますが、江戸期までは見られません。もっとも江戸の初期には、黒田忠之をめぐる連歌壇というようなものがありまして、黒田の家臣や福岡の社寺と宰府一山の連衆とが一座した作品も見られますが、それとは話が違うんでございまして。それに対しまして今井祇園さんの連歌は、冒頭に高辻宮司さんがお話しされましたように、外部に開かれた連歌座が形成されております。

棚町知弥氏

その昭和十年頃まで続いておりました太宰府の月次連歌に、太宰府外の方が一人おられるのに気づきました。それが、ご当地の福島房任さんで、昭和五年より八年にかけての太宰府の社務所日記に見えます。私が調べております太宰府の連歌史の中で、直接こちらに関係することとしてまずお伝えいたします。

北野天満宮の奉加帳

それから、近世太宰府御祈禱連歌の実態については、この本に島津先生が十ページ程におまとめいただいているのがいちばんわかりやすいと思いまして、そのままコピーにとってお配りしました。その後三枚続きのコピーは、京都北野天満宮の『九百五十年御忌奉加帳』です。嘉永五（一八五二）年の大御神忌神事のための募金ですが、この奉加帳を見ますと、三年前（嘉永二年）に始められています。北野の宮仕坊の一つ、光乗坊の奉加帳の一冊で京都の古本屋で見つけました。ご覧になればわかるように、実際に使用された現物です。宮仕坊というのは、北野天満宮の組織・機構上の名称です。いちばん上には曼珠院門跡があり、北野へはその目代が駐在しています。次に松梅院をはじめとする祠官《しかん》が数家あり、その次に宮仕坊が数十軒あります。一山として共通の奉加帳を印刷して、それに各坊が自分の坊名の判を押し、募金活動に使用しています。「京北野宮御祈願所」までが印刷の部分で、「光乗坊」は判です。高名な学僧宗淵上人の出られた坊です。

なぜこれをお見せするのかと申しますと、天満宮、天神様に対する法楽のメディアが具体的に示されているからです。すなわち、連歌と神供と灯明とが法楽の三本の柱になっています。そのうち万灯明・千灯明というのは、今日の天満宮のお祭りでも奉納されております。

さて募金の対象には、連歌万句が銀一五〇枚、同千句が銀十五枚、百韻が金子一両。これに対して太々神供が銀一貫二百目、太百味神供が銀一二〇匁、百味神供が銀十二匁。大中小と規模が三段階でございます。灯明も万灯明、千灯明、百灯明、十灯明。つまり一口の御祈願料が、ここに記載されているわけです。

これは御祈禱連歌ということをお話しするにあたって、そのものずばりの資料ではないかと思います。

太宰府につきましては、慶応三（一八六七）年の『延寿王院御用日記』に見える、御社頭における御祈禱料の覚を紹介します。当時の天満宮は天台宗のお寺がお守りしておりますので、大般若御祈禱や護摩供御祈禱に並ぶ形で連歌御祈禱、大祓御祈禱、奏楽などの御初穂料が示されています。

史料に見る太宰府の連衆

さて今度はプリントの頭の方に戻っていただきます。延享四（一七四七）年、宰府に詣でた水戸の長久保赤水（長玄珠）が『長崎行役日記』という旅行記に、御社頭の連歌を次のように記述しています。

「……梅の守はうめの核に経文を書たる物也、霊験新なるゆえに人甚尊信す、六匁つつにて是を受る、およそ宿願ある人は連歌の会を興行して神を慰め奉る。百韻は金五両、五十韻は三両、十六韻は一分也（十六韻というのは表八句と裏八句の首尾十六韻という形式が当時あったかと思われますが、他には見ない用語です）。別当・社僧会集して、懐紙をしたため、神前へも奉納し、施主へも遣す。是則大々かくらのかはり也」

ちょっとご説明しますと、太宰府では、今日お見えになっております西高辻宮司のお家・大鳥居氏を筆頭とする、小鳥居・執行坊・御供屋坊・浦之坊の五別当家というのが最高幹部でした。それからまた、社家中に上座坊・勾当坊・都維那坊よりなる三綱という一グループがあり、五別当と三綱とは連歌が主な勤め筋であるとされていました。

また北野天満宮にはお神楽《かぐら》があるようですが、太宰府天満宮にはございません。今日お神楽はございますが、江戸時代まではございませんでした。

「六月十七日かさきの連歌あり、連歌師はなてつけ髪なり」――当時も笠着連歌は二十四日だったようで、この間違いの原因はわかりません。「連歌師はなてつけ髪なり」――別当・社僧は僧体です。連歌師とは、宰府での連歌の専門職「連歌屋」をさします。先程の浜千代先生のお姿を拝見しまして、失礼ですが、こんな姿ではなかろうかと思うのです（笑）。

太宰府の社家上官二十数家の中には別当、三綱、宮師《みやじ》といろいろありまして、それから文人《もんにん》が三家、その次にこの連歌屋がございます。これは、中世末頃から始まり、それがいったん絶えていたのを、長政の時に再興し、三十石を与えられました。

「いにしへは年ことに四たひの宴を行て詩歌の会あり、今は七夕はかり也、二十五日は月次の連歌ありて怠ることとなし」——小野道風《おののとうふう》を祖とする文人三家は、和歌の専門職で（近世期では）お祓《はらい》を主な務めとし、もちろん俗体です——長久保赤水は以上のように紹介しております。

御祈禱の連歌

先程、祈禱と御祈禱の違いを申しました。御祈禱連歌という場合にも、祈禱と御祈禱と二通りあるのではないかと思います。実例で申し上げます。太宰府の年中行事には連歌に関する行事が多いのですが、まず正月千句。それから、毎月二十五日に月次連歌。これは二十五日に神前に披講《ひこう》奉納しますので、二十四日にいたします。六月には、月次連歌とは別に笠着連歌。以上の連歌は「御祈禱」ではない、「祈禱」だと思います。つまり神前連歌、奉納連歌と申しましょうか。

それに対して御祈禱の連歌があります。宗教学の説明によりますと、祈禱というのは、ただ神様を敬って祈るのですが、御祈禱となると、なんとか実質的な御利益を期待して祈ること。神様を敬してお参りするのは祈禱で試験に合格させて下さい、とお願いすれば御祈禱になります（笑）。

連歌の場合も、祈禱と御祈禱の両方あるということです。連歌作品に触れたい方は、島津忠夫先生の新潮日本古典集成の『連歌集』をお読みになるとよろしいと思いますが、その中に収められている十程の連歌作品のうち、御祈禱に該当するものとしては「新撰菟玖波〈集編纂《さん》の〉祈念百韻」や「天正十年愛宕百韻」――NHKドラマにも出てきた明智光秀の『ときは今天が下しる五月哉』――の二つなんかは、祈禱というより、御祈禱に近い例であります。もっとも祈禱と御祈禱の違いは、はなはだ微妙なものがありますが。

もちろん、連歌というのは、座の文芸でありまして、みなが集まって願いをこめて作品を巻くというのが原型なんです。しかし、それは要するに神様との間を取りつぐ制作者がですね、これは結局、宗教的なことはみなそうだと思いますが、神官あり、坊さんあり、すべて神仏との間、それから祈る者との間を取りつぐ方があられるわけです。それで御祈禱連歌の場合でも、取りついで代わりに作って、願い主が、何歳、何どしの男（女）というふうに、年齢と干支《えと》が書いてあります。発句だけは願主が詠むのが本来ですが、資料に見ますように、それも代作のことが多かったようです。

ここでおもしろいのは、連歌作品の「二出」、「三出」のことです。今日お見えになっておられます松大路さんのご先祖に、江戸の後期に執行坊信豊（無量寿院）というたいへん連歌執心の方がおられまして、その信豊さんが依頼を受けて作られた御祈禱連歌の百韻を六十四巻も書き留めた一冊が現存しております。

それを見ますと「二出」、「三出」という注記が見えます。つまり連歌の御祈禱を頼まれた場合、その都度作るのが原則であったんでしょうが、時として同じ作品を再び使った事実が、ここに「二出」、「三出」の注記として残ったわけであります。以前作った百韻がそのままで使われているのもあるし、また前の場合と今度の願いの筋が違うと、発句（あるいは脇句も）を作りかえて「二出」に使っていることが証明されたわけです。

このことは決して太宰府だけではございません。北野天満宮でお正月に奉納する連歌は、二つに折った懐紙を表だけ使い裏は使わないのを、正月の裏白にちなんで〝裏白〟連歌というのですが、その戦国末から近世初頭にかけて、二、三十巻が東京教育大学（現・筑波大学）にございます。その資料にも「二出」、「三出」の証のあったことを私は憶えております。

こういうようなことは、連歌が座の文芸と考えれば、異常なことと思われますが、いわゆる法楽ということから考えれば、おそらく神楽歌だってもともとはその都度作られたと思うんです。祝詞《のりと》もその都度作られたものであったはずです。それが今はぽこっと名前だけ、固有名詞だけ入れて使われる、というように、連歌が御祈禱のメディアとしての連歌ということになってくるとそういうふうなことも起きてくるというのも、きわめて自然なことであると、そういう気がするのであります。

何を祈願したのか

祈禱と御祈禱に分けまして、御祈禱というのは何かを祈願するのですが、願いの筋にはいろいろございます。また祈願を頼む人にもいろいろございます。大きく分けますと、領主家や権力者からの依頼と、社頭における一般の信仰者、庶民からの願いとがございます。

太宰府の場合、江戸時代の連歌のパトロンは黒田家でございます。レジュメのプリントには一つ、連歌御布施についての文書を載せておきました。黒田家の二代目忠之の頃、毎年、正・五・九月恒例の御祈禱連歌のお布施についての文書でございます。

黒田より前を見ますと、太宰府天満宮の文書には戦国時代における武将の祈禱連歌依頼状や祈禱してもらったことへの礼状がたくさん残されています。ただ残念なことには、作品が残されていない。これは、連歌の性質から止むを得ないことだと思います。たとえば当時連歌の第一人者であった今川了俊が、かなり長い間九州に来ていて、在地の人と連歌の触れ合いがなかったはずはないのに、作品はほとんど残っていません。まあ〝らしきもの〟の一つが最近わかりまして、島津先生が詳しく注釈して今度の本（『太宰府天満宮連歌史　資料と研究』）に紹介されていますが。

とにかく有力者からの依頼状とか、連歌に対する礼状などの関係資料は残っているけれども、連歌作品自体はほとんど残っていない。それも無理ないのでありまして、つまり火にかかったような時、非常持出の扱いを連歌は受けなかったからだと思うのですが。これは「文台おろせば反故」という俳諧の伝統から言いますと、これはないのが本来かとも思うのであります。とは言うものの、そういう資料がまだあるんじゃないかと思うわけであります。

笠着連歌は〝のど自慢〟の原型

ここに「北野奉加帳」を回して見ていただいておりますのも、こういったようなものが必ずあるのではないか。殊に今井祇園さん関係の古い資料はございません。そういった資料らしきものがお目に入りましたら、社務所の方にぜひ連絡していただきたい、と思います。私がこういう奉納連歌のことをお話しさせていただくのも、お話しするに耐えるような話ができるからするんじゃなくて、なるべく機会をつかまえては、何か資料があるんではないか、それをお願いするために壇に立つわけでございます。

最後に、笠着連歌のことを一言申し上げます。この連歌は全国でもここ祇園さんにだけ生き残っているわけでございます。これは、私は〝のど自慢〟の原型だと思うのです。

実はスポーツでもなんでも、そうですね。プロ野球がファンを獲得するには、見るだけではなくて草野球というのがあるわけです。流行歌なら、聴くだけではなくて、カラオケまであるわけです。こういう、いわゆる芸術と享受者との関係をたどっていけば、あたりまえのことなんですが。この笠着連歌というのは、連歌に関する、まさにそれなんであります。

今日では、連歌というものは国文学の研究対象、それもわかりにくい、むずかしいものとして学生から敬遠されるような分野になっていますが、連歌の最盛期、中世の末頃にはそんなではなかったのです。狂言とか、あの頃のものを見ますと、ごくありふれた庶民の連歌狂いが出ています。笠着連歌というのは、ごく普通の〝のど自慢〟の原型のようなものでございます。

そして、私が思いますのは、高辻宮司が、ここで、こういうことを思いたちましたのは、時の流れを的確にとらえているのではないかと。先程の浜千代先生の俳諧・連歌の問題になりますが、いま、ややオーバーに申しますと、連句の復活の時代でございます。これは週休二日になって、そんなに二日分のレジャーの金がない、ということになるとですね、いちばん金がかからんで副作用がないのが、連歌だと思います（笑）。そういうところがあるもんだから、『週刊朝日』が連句を載せたりして、いろんな連句の実作が豊富になる。それに、NHKの「連想ゲーム」なんかは〝連歌的〟ではないかと私は見ております。

最後に、連句の手引きとして、そこに見えておられます白石悌三さんがお書きになりました『連句への招待』（有斐閣新書）をおすすめします。

この連句と連歌ということになりますと、今日の午後は、かなりつっこんだ話ができるのではないかと思っております。はなはだ雑駁《ざつぱく》な話で失礼いたしました。

うた法楽の諸相

國學院大学教授　臼田《うすだ》甚五郎《じんごろう》

「うた」――集団の中で

先程は棚町先生が、実に愉快な説論をなさいました。笠着連歌は、ＮＨＫのど自慢の原点であるということを言われました。私の申し上げるべきことは、まさに午前中に言い尽くされたという感じがするのでございます。しかし、せっかく私も参りましたので、結論が出たからといって、このままこれで引き下がるわけにはまいりません。で、私の考えておりますことの一端をお話し申し上げたいと思います。

笠着連歌がのど自慢の原型だという受けとめ方もあると思いますが、また、私の知っておる限りでは、秋田県の横手の辺りで行われております〝かけうた〟という行事がございます。この行事が、のど自慢の元の姿である、とも思うのでございます。それはやはり社頭で行われております。横手市の郊外という感じの所で、金沢八幡というお宮がございます。そこで行われている行事が古い形のものでございます。この頃は、かけうたばかりではなく、一方ではのど自慢というものが盛んに行われて、それを受け入れているという所もございます。

山裾のあれは神代村といいますか、そこに院内という所がございまして、そこに観音様がありまして、大正の初年頃までは、岩手県の方からもはるばるやって来ております。

〝かけうた〟というのは二人の人が出て来て、掛け合いでうたう。歌の内容はお互いに相手の歌を負かせるような気力と内容をもって抵抗するような形を示してうたう、ということにもなるわけでございます。そして、二人と申しましたが、それが男と女の場合でも――おそらく、このかけうたの原型は男と女の掛け合いであっただろうと思うのでございます――楽しく行われると思います。

こういう形は、なお福島県の会津辺りにも〝うたげえ〟という行事があることはよく知られておると思います。

この歌を掛け合うという行事を、ひるがえって連歌について見てみます。連歌の特性は集団性と流動性にある、とこういうふうに見ておるわけでございます。男女が掛け合うということは、婚姻のための機能を持っている歌として、男性から女性の魂を請いうけておると思うのです。

この頃、中国の雲南という所に、歌垣の源流があるんだということが、しきりに話題になってテレビで放映されております。牛山純一という監督が雲南のいろいろな民俗を撮影記録して来ているのです。中国では〝対歌〟という言葉で言っております。二通りの仕方が写されております。

一つは労働をしておる最中の男が、女に向かって呼びかけるものです。男から歌で呼びかけられた女の方は、男に向かって歌で答えを返す。大体、男が女に向かって呼びかけています。若い男と、若い女の唱和する歌が紹介されておりました。

たとえば、そこに若い女性がいますと、若い男性が「女よ、おまえは美しい」と、実に淡々と言うのです。そうすると、若い女性の方から「そこにいる若い男よ、おまえも美しい」というような形でもって、どんどん進んでゆくのです。これが、労働に従事しながら行われておる歌でございます。

臼田甚五郎氏

もう一つの場面は、満月に近い夜ですが、村に近い山へ、男女が登っております。そこに広場があります。そこでは、男の位置と女の位置とが決まっていて、お互いにうたい合う姿を写しております。そこで若い男の方がうたいながら自分の気に入った女のそばへ行く。すると、女の方も気に入った男の歌に答えながら向こうの木の茂みに隠れる。——これは、やや演出くさい、と私は思っております。

とにかく、日本のお祭りにもきっとそういうことが行われていたと思います。歌を掛け合うことによって、求婚の機会が与えられている。そういう掛け合いの歌が紹介されております。性愛にかかわる行為というのは、民族を超えて人間にとって普遍的な行為として、それを行事に持ってきたと思います。

筑波伝承と連歌

連歌にどうかかわるか、というのが重要問題でございます。連歌は〝筑波の道〟といわれている通り、原点として倭建命《やまとたけるのみこと》が東征のみぎりの歌が引き合いに出されております。倭建命は蝦夷《えみし》を次々に平定し、帰る途中で甲斐に出て、酒折宮《さかおりのみや》に泊っていた。その時うたいなさった。

新治筑波《にひばりつくば》を過ぎて幾夜《いくよ》か寝つる

というのが倭建命の歌である。その時、御火焼《みひたき》の老人《おきな》が、

日日並《かがな》べて　夜《よ》には九夜《ここのよ》　日《ひ》には十日《とおか》を

と倭建命の歌に続けて歌いました。

御火焼の老人は篝火《かがりび》を焚いたものでしょう。火はともし火の用を果たしたものと解されている。ただそれだけではないと思います。火を焚く翁が「夜には九夜日には十日」と、数をかぞえただけで尊から東国の国造《くにのみやつこ》にされたというんですね。数をかぞえただけで知事になれるんなら、私にだってたやすいことだと思います（笑）。

『日本書紀』でも歌は同じですけれども、状況設定はもう少し委しくて、燭をともして食事を召し上がっていた。この夜、侍者《さぶらいびと》に歌で問うたが、諸々の侍者たちは答えられなかった。その時に秉燭人《ひともしびと》がいて、歌に続けて答えたので敦く賞したということです。『日本書紀』では敦く賞したというだけですから当たり前のようです。しかし侍者たちが答えられなかったというのはおかしい。やはり、火を扱う者が特別の人だったからでしょう。つまり、火には魔よけの力や浄化の力がある。神楽で庭燎が最初にうたわれるのもそうした意味があるからです。つまり、御火焼の老人は呪術師だったと見られます。

私はこの物語を筋に沿って解釈しておったんですが、山形敞一博士（元東北大学医学部長。友人扇畑忠雄氏の主宰する歌誌『群山』に属する歌人）に文学の性愛起源説を話していたところ、「幾夜か寝つる」とあるから男女の恋歌でないかと、ひょっと言われ、はっとしました。扇畑氏が「素人《しろうと》はこわい」と言いました。実は、私も連歌について素人なんですが、「素人はこわい」という実例をば、ただ今なみいる先生方の前で披露しているようなものでございます（笑）。

みなさんも、恋しい相手、つまり愛する男の人とか、愛する女の人とかと、遠く離れてみれば、倭建命の「筑波を過ぎて幾夜か寝つる」、この意味がわかると思います。

筑波山は嬥歌《かがい》の名所です。男女が求愛の歌をうたい、そして気に入ったら結ばれる、という行事が催されます。そして、神を山として見立て、男体山や女体山として見られます。これは、男岳、女岳という表現でも使われております。そうした形の山では嬥歌会《かがい》（歌垣のこと）が行われます。筑波山もそれです。従って筑波と言えば感愛の情がわきますから、「幾夜か寝つる」という表現が出てきます。男神と巫女との発想が、男女間の掛け合いに出てまいります。

そういうことを頭において見ていくと、連歌の中に、先程言われたのど自慢の源流もあります。このような情勢から、連歌の盛儀の曙が、ここに始まるのではないか、ということが伝承されました。

須佐之男命と笠着

それと、もう一つ申しますが、笠着連歌のことが棚町さんのお話の中にありました。みの・かさを着けたままで連歌の会に出られるという、それほど大衆に開放されているというお話がありました。

ここのお宮は須佐之男命が御祭神でございます。須佐之男命が高天原から追放され、降って行かれた時、御祭神の姿が、みの・かさを着けた姿であったろうと思うのです。つまり、客人《まれびと》神《がみ》の御姿です。

十七年前、オーストリアを訪れた時、ウィーン大学で日本学を講ぜられるスラビック教授にお目にかかりました。その際、スラビック教授が、ヨーロッパの民俗事象を説明するのには、折口博士の「まれびと理論」で解くよりほかないものがある、と私に話されたんですが……。

祭りという時、神として遠くから参る人がやって来る。その訪れる人は忌《い》み籠《ごも》りをして精進をして出てくる。だから、出てきた時は、やつれた姿であります。それはつまり神にや、つ、し、て出てくるのです。そして、着けた物は、みの・かさであります。鬼も笠をつけています。節分なんかの鬼が持ってくる隠れ蓑の源流と考えられます。

法楽の原点としての連歌

さて、本日のテーマの方の法楽連歌ということについて申します。私の祖母なんかよく「見れば法楽、聞くも法楽」などと言っていましたが……。庶民の生活を通じて日常生活にも使われる言葉なんです。

法楽とは、仏さんや神様のために捧げるというのが、自分自身が仏様のことを証明した、ということですから、仏様自身ということになっております。それから一方では、仏さんは後から入ったんですから、その前は神様に捧げるというのが当然です。

それは「あそび」という言葉の変遷を見ると、いちばんよくわかるのです。これは、法楽の言葉の変遷と同じです。島津さんが、芸能としての連歌ということを一つの部門に数えて考えておられたが、その「芸能」というのを日本流に言えば「あそび」ということです。「あそび」というのも平安朝時代では「音楽をすること」だったのです。もっと遡ると、今でもごく少数の古社に残る東遊《あずまあそび》などにも見られます神あそびは、神様に捧げる芸能でありまして、それがもっとゆけば、神様自身がそこに現れる。これが、いちばん根源的な姿です。

そういうことで、おそらく原点に遡って考えるとすれば、法楽連歌というものも神様が現れての言葉というものがあった。それから後で人間がくっついている、というのが原点ではないかと思うのです。であればこそ、よく中世で夢想の連歌だといって、夢の中で神様が出てきて、発句をよまれる。それで連歌を興行することになる。夢が神様との一つの架け橋になっておる。そういう連歌というものがあったということですね。

連歌は創造の源流

この頃、『週刊朝日』のような週刊誌が石川淳という希代の大小説家を心《しん》に立てて、丸谷才一、井上ひさし、そのほかの鬼才を連衆にして歌仙を試みさせました。今日では、いろいろな動きがありますが、連句の季節が来たといわれます。実際あちこちで連句が見直されておるので、たいへん喜ばしいことです。それに対して、連歌はどういう意味を持つかということは、浜千代さんがおっしゃったのではっきりしています。

連歌から俳諧の連歌・連句へというのが、今までの俳諧史の道であったんですが。さらには、金子さんの話に出ると思いますが、谷川俊太郎とか大岡信なんかの「たこのぶっきりはへそのようだ」――その前になんかあったかなー（笑）、そんなふうな連詩というものが出てきておるのです。やはり詩を連想で作っていく。

連歌、連句、連詩、いろいろなものが混沌としておりますけれども、物事はすべて根本に立ち返って考えないと、後の方はわからない。そういう意味で、連句、連詩の前に、われわれは連歌を考えないといけない。やはり本《もと》を立てておかないと、いい加減なものになるのではないか。そういう意味で今日のシンポジウムは、本に返って、今後の自分たちの創造性を豊かにするために意義があると思います。

中世連歌と現代

広島大学名誉教授　金子金治郎《かねこきんじろう》

連句・連歌への関心の高まり

この数年、連句のブームが続いています。『週刊朝日』（一九八一年十月二十五日号）が作家五人（石川淳、丸谷才一、結城昌治、野坂昭如、井上ひさし）の歌仙連句を企画し、暉峻康隆さんの連句の現況紹介を載せたのは、その端的な現れであります。十一月三日には、連句のグループが集まって全国的規模の連絡に手を染めましたが、三、四十のグループが集まったと聞いています。

欧米における連句・連歌への関心も年々高くなっています。実作にも種々面白い試作がなされ、研究も進んでいます。一九七九年には、『Japanese Linked Poetry』（日本の連歌）の単行本も出ました。この中には、宗祇の「水無瀬三吟」と「独吟百韻」が翻訳され、芭蕉の連句も入っています。著者のプリンストン大学のマイナー氏は、私が七月にバークレーへ参った時尋ねてきましたが、彼の連歌理解にはかなり問題があるといわれています。

アメリカの研究の進歩には、日本のいろんな方の影響がありましたが、私個人の狭い経験を申しますと、一九七八年には、バークレーの大学院から宗祇の研究者を迎えました。彼は来日の前に湯山三吟を英訳し、上智大学の『Monumenta Nipponica』（一九七八年）に掲載されています。私のところでは、宗祇の百韻や連歌の式目を一緒に勉強し、帰ってから学位論文をまとめています。宮廷和歌も研究し、伝統的な風雅美に強い関心を持っていました。

一九七九年、ウィーン大学で日本文化のセミナーがあり、日本語を大野晋教授、連歌を私が担当して、六十人余りの欧州の日本学者が会合しました。その時の私の話の骨子は後で触れますが、いくつかの質疑の中には、連歌展開の序破急と連歌における押韻《おういん》の問題がありました。序破急はとにかく、押韻は、欧米といわず中国においても基本の問題ですから、質問は当然であります。それへの答えは後で触れることにします。

一昨年から昨年にかけてハーバード大学から研究に見えた方は、心敬の「ささめごと」の英訳に取り組んでいましたが、作品を読まないことには話になりませんので、百韻二巻をはじめ、かなりの作品を読んでもらいました。今度の当社のパンフレットを送ってやりましたところ、連続性に欠ける箇所があったりするが俳諧味や現代風が反映していて面白い、と申してきました。とにかく作品を忠実に読んでいるわけであります。来年学位論文を提出するそうですが、やはり風雅の問題に強い関心を示しています。

日本の現代詩に目を向けますと、ここでも連句・連歌への関心は早くから高くなっています。私の知っているのは一端ですが、雑誌『櫂』に集まる同人の連詩は十年前から試作され、最近『歌仙』の名で単行本になりました。この人の連句・連歌への関心や連詩の実践は、『詩の誕生』（大岡信・谷川俊太郎対談、一九七五年）の発言にも反映しています。その中で大岡信は、仲間と連句をやっている中に、「自分一人で詩を書く時も、一行と一行とのつながり具合を連句の意識」で見るようになり、「行と行が、一行では、はっきり独立しながら、水も漏らさぬようにつながっていく形」を要求するようになったと言っています。一句の独立と緊密な付合は連歌の基本でありますが、それが現代詩の問題になろうとしているわけであります。

なお大岡信に、『うたげと孤心』（一九七八年）があります。日本の詩の制作の場は、歌合・連歌・連句のような「うたげ」の場が大動脈となっている。すぐれた詩は、この「うたげ」の場で「孤心」に還るところから生まれる。日本の詩の歴史はこの「うたげ」と「孤心」の緊張関係によって織りなされる、と大岡は見るのであります。これも連句や連詩の実践を通して形造られた歴史観であろうと思われます。

中世連歌の輪郭と問題

これまで連歌・連句を込みで申してきましたが、以下は、根源としての中世連歌に即してその輪郭をかいつまんで申してみたいと存じます。一、制作の場、二、表現方法、三、詩形式、四、形態的特徴、五、精神的特徴で、輪郭はほぼ尽くすかと思います。それぞれ説明を要する点は多いわけですが、そこは簡単にして、現代に関わる問題の一、二を取りあげて述べることにいたします。

一　制作の場

連歌は共同制作ですから、会席に何人かの連衆が会合し、その座の先輩と執筆《しゅひつ》のリードで進行します。この進行には協調と競争という矛盾する二面があって、その相克が会席を忘れがたいものにします。

金子金治郎氏（故人）

それはとにかく、場の基本として朗読と記載の二面があり、その焦点のところに文台があります。句の朗読には、連衆が句を出す時、執筆が受けて確かめる時、懐紙に記載して披露する時、遅参の人、中座の人に知らせる時、その他すべて朗読によります。朗読によって発表し、朗読の中で句をイメージし、享受し、そして付句《つけく》を案じます。朗読によって句はその細部まで生かされます。たとえば懸詞《かけことば》の二重表現が快く印象づけられるのも、朗読なればこそであります。独吟連歌などもあって一般には申せませんが、朗読が基本であります。今日、現代詩の朗読が盛んに行われていますが、密室を出て公の場に出ていくことはいろんな点で詩を新しくするものと思います。

連歌の場の特色は、懐紙への記載が朗読と同時に進行するところにあります。文台を前に控えた執筆の所に句は集まり、懐紙への記載が行われます。四枚の懐紙の表から裏へと書きとめていきますから、その間に去嫌《さりきらい》がチェックされ、四季・恋・雑《ぞう》の句の布置が適当に捌《さば》かれていきます。文台は、そこへ向かって句が出され、そこで進行が捌かれるという意味で、会席の焦点になります。連歌は即興詩でありますと同時に法則の裁きを受けるという、いわば矛盾を超えて進むところに会席という空間の特色があり、きびしさと同時に懐かしさがあります。

二　表現方法

表現方法は、付合と行様《ゆきよう》という、これも互いに矛盾する二つの方法に要約されます。付合は、前句に付けて一つの小世界を構成しますが、行様は、前々句の打越《うちこし》から離れて別個の世界へ移行します。この「付く・離れる」という矛盾する機能を同時に実現するのが一句の表現となります。

連歌の一句一句は、どの句も独立することが理想とされています。発句をはじめ五・七・五の長句はもとより、七・七の短句もそれなりの独立に努めています。現代詩が各行の独立性を考えていることは前に触れました。

付合は連歌の大本であります。中古の短詩形時代から長い歳月の中で鍛えられた独特の手法であります。その間に猥雑な俳諧を消化し、漢詩の聯句にもたくみに付け、また鎌倉連歌のような地方的なものも抱え込むなど、数々の異質なものを消化して付合は成長してきました。そしてさまざまな手法が開拓され、広くも深くも付けるようになりました。この遺産は、今日の連句はもとより、現代詩においてもできるだけ生かしてほしいと思います。私の知っている方で、ドイツの詩人たちとドイツ語と日本語の連句を熱心に進めている方がいます。パリで始まった異国語連歌の流れですが、日本語の消化力に期待したい試みであります。

行様は連歌独特の展開のしかたのことですが、打越から離れることを基本の原理にして、次々と移り変わっていきます。一貫する筋の展開とは全く無縁であって、在るものは移り変わりを支配する美的諧調であります。抑制のきいた変化のおもしろさにあります。勅撰和歌集や百首和歌の構成などに見られる伝統的なバランス感覚を背景にするものでありまして、それを形に表して行様の基準にしたのが連歌式目であります。式目は時代によって修正され、座によって取捨も行われますが、行様に節度と諧和を保証する点で軽々に扱えないものであります。バークレーから来た人の学位論文でも、肖柏《しょうはく》の新式今案などを英訳し百韻考察の基準としています。現代に生かす方途は、改めて考える価値があるかと思います。

三　詩形式

連歌の詩形式は百韻を基本の単位としています。百首和歌や、聯句の百韻などは、連歌の前から存して手本になったと思います。この百韻を長大化した千句・万句、また縮小した五十韻、四十四句（世吉）、三十六句（歌仙）があります。長大化は連帯の輪の拡大であり、縮小には質の純化が考えられます。歌仙連歌などは応仁の乱後に現れますが、中世には流行せず、近世になって連句の基本単位となり、今日に至っています。戦国時代にほとんど行われなかったのは、質的純化もさることながら、連帯感を確かめる点で三十六句は短過ぎたということがあったと思います。百韻・千句・万句の流行には、乱離の中世を生き抜く強靭な持続力が連想され、歌仙形式には、恵まれた平和の世が連想されます。

それにつけても、現代はそんなに平和な世の中でしょうか。いささか考えさせられるものがあります。

四　形態的特徴

連歌の特徴を形態的な面から眺めますと、四季の詩であり、巡遊の詩であるということになります。

四季の詩というのは、四枚の懐紙にそれぞれ花が配られ、各懐紙の表・裏に月が出る（ただし名残の裏は出ないのが普通）という配置で知られるように、発句の当季をはじめ、四季の句は各懐紙の表・裏に適当にばらまかれ、しかも、四季句の総数が多くの場合五十句を越えるところに現れています。この総数は、勅撰和歌集や百首和歌の四季歌の総数と相似た比率となり、そこに伝統的な比重を見るのですが、それが懐紙の特徴であります。俳諧になると、五〇％以上という比重は崩れ、人事句が幅をきかせてきます。もっとも芭蕉の『七部集』になりますと、「曠野」などにひどく落ち込むのはありますが、大体五〇％台を保つようになります。そのあたりが伝統的な土台の堅固な作品となるのではないでしょうか。

巡遊の詩には、移り変わって一貫する筋がありません。

二条良基が、

連歌は前念後念をつがず、又盛衰憂喜、境をならべて移りもて行くさま、浮世の有様にことならず。昨日と思へば今日に過ぎ春と思へば秋になり、花と思へば紅葉に移ろふさまなどは、飛花落葉の観念もなからんや。（『筑波問答』）

と説くのがそれであります。この巡遊の詩をめぐっては、序破急の問題、無文《むもん》の地連歌に有文《うもん》の秀逸を交ぜる問題、各句の句末表現に注意する韻字の問題などさまざまあります。その中、ウィーンのゼミでも質疑のありました押韻の問題を取りあげてみます。もちろん漢詩の聯句が、偶数句の句末に脚韻を踏むといった形の形式的押韻はありません。しかし式目の最初に韻字の規定をすえて、物の名と詞の字は（打越にきて）支障はないが、物の名と物の名が来ることは嫌うとし、また、「つ、、けり、かな、らん、して」は打越を嫌うとしています（「連理秘抄」の式目。肖柏は哉に言及）。一韻到底の聯句と較べ、緩やかなものですが、形式的な押韻よりも、ある意味で繊細な配慮が働いています。打越の物名止りなど、朗読してみると余韻の乏しさが気になります。式目は言っていませんが、物止りが三句も四句も続き、百韻の半数にも達することになれば悲劇であります。この韻字意識など、現代にも生かしてほしい点であります。

五　精神的特徴

精神面の特徴として、連帯と、連帯を裏付ける風雅があります。風雅における連帯と言いかえてよいと思います。イデオロギーや社会の階層や宗教などによる連帯ではなく、それらを超えています。

まず連帯ですが、会席を共にし連衆とともに句を付け進める間に、表現活動を通して実感されるものであります。比較のために百首和歌について見ます。百首和歌は鎌倉時代になって連歌形式が発生し、室町時代は続歌が専らになったとされています。これはあらかじめ歌の題を配り、持ち寄って百首（には限りませんが）に構成して点を取ります。寄り集まって百首を構成するところに中世らしい連帯の要求があったと思います。しかし何分持ち寄りですから、連歌の句と句を付け合う付合の実感には及びません。連歌があの中世に和歌に取って代わった魅力も、この強い連帯の実感にあったことと思います。

この連帯は、原則として平等のものであります。身分階層による縦の関係が割り込んでくることは避けられませんが、それはあくまで縦であって、横の平等の関係が主であります。風雅の前には人間誰しも平等の観念が連帯の場には生きていました。その風雅は、連歌では伝統的な詩歌の正道、さらにそれが作品に現れる理想の風体、といった意味で使われています。「心正しく詞すなほならんずるは、まことに治まれる世の声にもかなひて、風雅の連歌にて侍るべきなり」（良基『筑波問答』）は前者を重視し、「幽玄・余情・面影の風雅をつくし」（心敬『私用抄』）は、風体に比重をかけています。何を正道とし、何を理想の風体とするかは、時代により、拠って立つ流派や個性により、違いは当然ありますが、「長高く・幽玄・有心なる躰」（『吾妻問答』）を正道意識で貫くという宗祇の集約した見解が、中世連歌の風雅の最も普遍的な定義になろうかと思います。

中世連歌の精神的な特質は、このような風雅観を共にする連帯ということになります。

今日の連句ブームには、それを支えるどんな風雅観があるのか、それが問題になります。芭蕉風の継承が主流のようですが、もう少し広い視野に立つ、たとえば江戸の文人趣味のごときものもあります。全体を見渡して評価する用意はありませんのでこのくらいにしますが、風雅の方向はともかくとして、風雅の連帯を求める連句ブームがこれほど盛んである背景には、連帯を求めさせる何かがあるのではないか、そんな思いがしきりであります。

この時期に当たって、四五〇年の間、連歌を守り続けてこられた当社が果たすべき役割には、重いものがあると思います。なんといっても連歌は連句の原型でありますから、どんな時でも連歌に立ち返って、連歌に学ばなければなりません。当社の連歌がいよいよ盛んに行われ、世の期待に応えられますよう祈ってやみません。

討議

現代の奉納連歌

パネリスト

臼田甚五郎（國學院大学教授）
金子金治郎（広島大学名誉教授）
棚町知弥（国文学研究資料館教授）
浜千代　清（京都女子大学教授）

＊

司会＝島津忠夫（大阪大学教授）

シンポジウム風景

島津　講師の各先生のお話を終わりまして、これから現代の奉納連歌はいかにあるべきかということについてのシンポジウムに入りたいと思います。

最初に、五分間ずつ各先生にお話の要点や補足などをしていただき、それが終わりましてから、会場の方々からのご意見をお聞きすることにしたいと思います。

その場合、手をあげていただき、最初に所属と名前をお聞かせ下さい。所属は、いろいろの方がおられますので、たとえば「何々大学」、「何々高校」とか、お住まいの地名でも、「何々連歌会」でも結構でございます。それから、申し訳ございませんが、質問される方はお立ちいただきとうございます。そして、「どの講師に質問したい」ということも言っていただきまして、その質問に対して、その講師に答えていただく、という形で進めていきたいと思います。

なお、質問はなるべく手短に、要点をつかんで言っていただきたいと思います。

それから、これは初めにあまり言わない方がいいかとも思うのですが、このシンポジウムの一つの大きなねらいは、今後この今井祇園で行われる奉納連歌の指針にする、ということにありますので、その点を踏まえていただいてご質問いただければ、ありがたいと思います。

それでは、お話しいただきました順番に、まず浜千代清先生からお願いいたします。

浜千代　たいへん簡単すぎて、またまとまりのない話を申し上げたんですが。もう一度繰り返す形になりますけれども、俳諧と連歌の区別がやはり問題になると思われます。その区別をどうしたらいいか。それは、芭蕉が連歌との区別を広げて考えた、その跡に習ったらどうであろうか。ちょうど立場が逆な形になりますけれども。

芭蕉は、和歌・連歌・俳諧まで、一本とおした風雅を自らの根本精神にしました。それで、現代の連歌としては、やはりもっとも純粋な形では奉納連歌――神に捧げる、自分たちの清らかな楽しみを神に捧げる――、その法楽の精神に基本を求めたらどうであろうか、と考えたわけでございます。

したがって、その表現はできるだけ古典主義の伝統を受けついで、表記も歴史的仮名遣いにするのがよかろうと思います。これは自ら形を整えることにもなると思います。

それから、形としましては、百韻なり五十韻なりというのはやはり相当困難をともなうようでございますので、実際的には「世吉《よよし》」という形であったらどうだろうか。連歌の伝統を受けつぎながら、しかも実行可能であると、そういうふうに考えたわけです。

そして、「連歌新則」(一八〇ページ参照)にありますようなルールでございますけれど、ただ一つだけ申し上げたいのは外来語、つまり片仮名表記でせざるをえないような素材を用いる時、それから非常に新しく刺戟的な時事用語を用いる時、これはぜひ制限をしたいと、そういうようなことを申し上げたいわけです。以上です。

島津　それでは、次に棚町先生。

棚町　司会者から要望のありました当宮におきましての興行連歌についての意見は、とくにございませんが、ただ先程申し上げたことに、二つほど付け加えさせていただきます。

その一つは、祈禱連歌の前に祈禱和歌があったのではないか、祈禱和歌から祈禱連歌にだんだん重点が移った、という点であります。宗祇の『筑紫道記《つくしみちのき》』の条に、「人丸の木像おはしますを拝す。この所則ち会所なり」とありまして、天満宮における「会所」というのは、和歌の会所であったことがわかります。ということは奉納和歌が行われていたのではないかと思われるわけです。

昨日私、日豊《にっぽう》本線に乗っておりまして、ふと見たら「杇網《くさみ》」という駅がありました。この杇網という字を見た時、私は〝はっ〟と思いました。太宰府に杇網地方の文書があるのですが、そこに「連歌屋」という文字が初めて出てまいります。連歌屋が上の会所に対する、下の会所となり、江戸時代には和歌よりも連歌に祈禱の重点が移ってきております。これが第一点でございます。

もう一つ。豊前、この今井の地に、どうしてここだけ連歌が残っておるかということに不審をお持ちの方もあると思いますが、それは決して不思議ではないのだ、ということを一言申したいと思います。それは、いま別室で開催中の連歌資料展に幕末の御連歌宗匠玄川の資料が出ておりますが、この里村玄川がこの豊前地方の出身であり、その玄川の後に、四日市の渡辺研さんのご先祖筋にあたる方が養子となられたわけで、その人が玄碩でございます。九州工業大学の石川八朗先生が、こちらの「ぎおんさん」(社報)に、ずっとその連歌資料をご紹介下さっているのですが、その玄川句集を見ますとですね、幕末の日本で連歌が盛んに行われていたのは、佐渡とこの豊前であると出てまいります。このことをちょっとご存じのない方に付け加えさせていただきました。

島津　それでは、次に臼田先生。

臼田　連歌というものが、一時は戦国の世に非常に栄えて、のち次第に衰えて来ている感じ、その中でまた復活したいというのが今日だ、ということでございます。

どうもその中で、私が先程申し上げましたが、女性が少ないように思われる。これが一つの問題でございます。

こちらの奉納連歌（昭和五十六年七月二十一日のもの）の名前だけで判断するのはおかしいかもしれませんが、どうも女性は一人も加わっていないのじゃないか。

日本文学の流れの中で、女性の力が非常に大きかった時があるのです。平安朝はご承知の通りですから、私は女性が連歌の連衆《れんじゅ》に加わることによって、もっと連歌の道が開けてくるんじゃないか、という気がするのですね。

それについては、今日この連歌のシンポジウムに約二十名の女性の方が（一二〇人中）いらっしゃるということは、まことに心強い。

こういう方が、私のおだてにのって（笑）、一つ、当社から女性の声を大いに上げていただくというふうにしたらすばらしいと思うのです。それを盛り上げるのは、高辻宮司の徳にかかっている（笑）、と私は思うのですが。ああいういかにも神様めいたお顔ですが人間性はたぶんにおありのことは、東京に来られた時に知っておりますから（笑）。女性を少し育てていただいて、この次に伺う時には、ここの連歌が変わった色合を持っていることを期待いたします。

島津　最後に、金子先生。

金子　僕が出ると、女性の方がみんなそっぽを向いてしまうんじゃないか、と心配ですが。臼田さんの後で、順番がまずかった、と思うんでございます（笑）。

鎌倉時代は、かなり女性の連歌師もおりました。室町に入りますと、ちょっと平穏な応永時代ですが、あの時代に、女房連歌師といった、かなり専門的な女連歌師が活躍しております。戦国時代には見られません。

そして、江戸時代になると、また女性の連歌師が出ております。そういうことでございまして、世の中の平和である時と、ない時とでは、女性の活躍にかなりの違いがあるようでございます。

今は平和の時代ですから、女性の方に大いに出てもらいたいものでございます。

さて、先程お話しした提言に関連させて、一、二のことを加えさせていただきます。

まず第一は、付合を強化することであります。前句をおそれて逃げるような付合や、洒落て体裁のいい付合というのはやめて、たとえ土臭い付合でも、全身で取り組み、前句にしっかりと付けることが大切だと思います。

それから、先程も四季の詩だと申したように、四季の自然の句を全体の五割ぐらいは確保していただきたいと思います。それが連歌の基本でございます。

その次は、なんとしても人間を掘り起こしてくることが大切であります。どんな俳諧的なものでも、人間そのものの掘り出されてあることが、連歌に真の活力を与えるものだと思います。

そして最後に、作品としての風格を保ちたいものだと思います。風格を保つのには、さっき浜千代さんからご提言があった、世吉形式などはかなりよろしいんじゃないか、と考えております。

大体、連歌は「筑波の道」といわれまして、和歌の「敷島の道」が中央的であるのに対して、連歌はきわめて地方的であります。

事実、鎌倉の終わりに南北朝という動乱期が来て、そこで鎌倉連歌と京連歌が合体するところに『菟玖波集《つくばしゅう》』という山ができます。

次は、応仁の乱の時ですが、心敬《しんけい》とか宗祇とかいう人が、関東に流れて長い間過ごしている。そして、関東の方にも有力な作家が出てくる。これが京へ帰って『新撰菟玖波集』という第二の峰が作られます。地方的な力が強かったと思うのであります。

この場合、西の力はどうかと言いますと、『菟玖波集』の中心作家救済《きゆうぜい》は、太宰府天満宮にお参りしており、『新撰菟玖波集』の宗祇も勿論、太宰府天満宮にお参りしている。二つの峰とも同じように西方と結びつくところに、何か不思議な力の存在を感ずるのであります。

今日、西国は今井の地でこの会が催されたことにも、西方の力を感じさせられます。

最後に一つ、宗祇がここの御祭神である素戔嗚尊を歌道の元祖と仰いだ和歌がございますので、それをご紹介いたします。

人の世の　末まで守れちはやふる
神のみおやのことのはの道　（『筑紫道記』）

宗像三女神の父素戔嗚尊が歌道の元祖だと仰ぐのであります。

島津　以上で各先生方のお話を終わります。

それでは、会場の皆様方からのご意見をいただきたいと思います。

単なる質問でも結構ですし、ご意見を加えてお述べいただいても結構です。

初めに申しましたように、お聞きしたい講師のお名前と、ご自分の所属・お名前をお忘れなくお願いいたします。

では、どなたかご意見ございませんか。

俳諧と連歌の違い

池田富蔵　梅光女学院大学の池田でございます。今、実際にこの祇園社で連歌をみなさんと一緒にやっているのですが、浜千代先生にお尋ねします。

浜千代先生のお話の中に、俳諧と連歌の区別というのがありましたが、私たちが実際にやっている時に、俳諧と連歌の区別は俳言のあるないで決まるということ、これは常識でございますけれども、実際の作品の中に、これが俳言であるかないかということは、皆さんにとって、これはなかなか判別するのに難しいことでございます。

そこで、どちらかというと俳諧というのは「タニシをとるカラス」、連歌は「柳に降る春雨」、これでもわかるのですが、それが実際の作品の中にどのように違って表れているか、ということをお伺いいたします。

それから、浜千代先生の長いご研究の中から世吉のことが出ましたが、実はここでは世吉はやっておりません。五十韻や世吉、歌仙をやったところで、結局問題は、ただ形式の世吉や歌仙でなくて、やはり内容、本質的な問題になるのではないか、このように思っております。

ちょっとお尋ねいたします。

島津　ご質問の要点は二つあると思います。一つは俳言の問題、一つは世吉の問題でございますが、浜千代先生、お願いいたします。

浜千代　俳諧的な句であるか、そうでないかという区別は、初めに申し上げたように、私も実際にはよくわかっていないかもしれないんです。

実際にわかっているのは、前句をひやかす句。これは、もうはっきりしておりますですね。あるいは、単なる批評的な句、世情のうわさにしか過ぎないような句。これは確かに俳諧的で、また俳諧としてやる場合には、それが面白うございます。

いい気になるのも俳諧でございますし、自慢するのも俳諧でございますし、俳諧というのは心の自由さにたいへん面白さがございます。

しかし、連歌の場合は、相手の前句をしっかり味わい、相手を立てるようにしながら付けてゆく、その心がまえそのものが違うように思いますね。

話がちょっと横にそれますけれども、車上連歌でありますと、雰囲気によって俳諧に近いものがあってもいいように思います。一方で本格を目指す連歌があれば、車上連歌とあいまって一つの行事として成り立つだろうと思います。しかし、本格的な方にそういうものが薄いと、車上連歌と違うところがなくなって、お互いに相補い合うのが少ないんじゃないか、と私はそう思うわけでございます。

島津 世吉の問題は別にしまして、池田先生、今のお答えで結構でございますか。

池田 外国語の問題ですが。今の世の中は、どうしても外国語がわれわれの実際に作っている連歌の中にも出てまいります。これは時勢による現代の言葉として、社会的な用語として避けられないところだと思います。いわゆる思想的な、イデオロギー的なものは、今まで詠まれておりませんが、世の中を批判する、これは出てきておりますけれども。

時局詠と連歌との結びつき、これもなかなか難しい問題でございます。

このことについて、浜千代先生のお考えをよろしくお願いいたします。

浜千代 外来語や時事用語は、私は合わせて五句くらいならよろしいと思いますけれども。こういうルールは、おやりになっている方が伝統的に作り上げてゆくのが本当でございますから、そこにお集まりの方の連帯感——金子先生のお話にもありました——が必要でございます。そこに自ら生まれてくるのが方式であると思います。

やはり、外来語などがあんまり多過ぎると調子が落ちるように思います。

島津 では、ほかの方のご意見を。

金井 明 私は、おまんまを食べている仕事は別にありますが、現代俳句協会に所属しておりまして、いつも先端的俳句を作っていると自負しておる者でございます。

最近、俳句の方で連句が流行しています。俳句作家が連句をかなりやっております。実は、私は連歌の本場の筑波からここに参加させていただいたのですけれども、特に京浜地方で、連句専門の方と、それから俳句から連句の方によって来た方々とで、連句が盛んによまれています。

私、今日実作者として感銘を受けましたのは、浜千代先生が先程からこだわっていらっしゃいますが、仮名文字を使う、これは私、今まであちこちの会から誘われましたけれども参加しませんのは、どこの会でも片仮名を使っている。それで、なんか現代性が出ているという錯覚に皆さん陥っているようです。

ここの連歌を純正連歌にするか、俳諧の連歌にするかの問題は、実際に座に連なった方々が、方法的に成り行きをきちんとなさったほうが、これはよろしいかと思います。それを統轄するのが、宗匠と言いますか、裁きと言いますか、その座のリーダーの役割であろうと思うわけです。

芭蕉の俳諧にしましても、物の本を読みますと、『冬の日』あたりの句から「さび」をずっと経て、かなり変化しております。あれはリーダーの文明意識、ないしは美意識の変化を専門の先生方が読みとって、私どもにそのように教えていただいておるわけですけれども。

そんなものを踏まえた上で、現代の実作者として、自分の作品の一行に何を込めるかという覚悟がなければいけない。

島津　どなたにお答えいただきますか。

金井　別に質問ではございません（笑）。

島津　それでは、先程の俳諧連歌でいくのか、それとも純正連歌でいくのか、ということ。それと、池田先生の言われた連歌と俳諧の違いということ。

池田先生は、連歌を実際にお作りになっていらっしゃる上で、具体的にお考えになっていて、どれが俳言であるか、実際に作っていく上での問題としてのご質問であったと思うのです。

それに対して、浜千代先生のお答えは、連歌と俳諧の違いについて、心がまえといった精神的な面でのお答えだったと思うのです。

本来、連歌では、漢語や俗語は全部俳言なんですけれども、浜千代先生の言われたのは、そういう厳しく俳言を考えるのではなくて、現在、今井祇園社で奉納連歌をしていく上で、奉納連歌と名づけつつ、俳諧でなくて連歌であるというところの俳言の限界というものを言われたので、いわゆる連歌と俳諧とを区別する俳言ではなくて、俳言の精神的な意味で言われたんだと思います。

そのへんのところ、近世の俳諧の専門の方もたくさんお出でですが、いかがでしょうか……。

福岡大学の白石悌三先生、いかがでしょうか。

白石悌三　今のと、どう嚙み合うかわからんのですが、関連すると思いますので、ちょっと申し上げてよろしいでしょうか。

島津　どうぞ。

連歌の衰退と俳諧の興り

白石　連歌が沈滞して俳諧にとってかわられ、連歌は奉納連歌という形で、言葉は悪いのですけれど、形式的に伝えられてきている。その原因というのをどういうふうにお考えになっていられるのか。そこを裏返していけば結局、連歌を救う各問題につながると思うのですが。

島津　これは棚町先生にお答えしてもらいましょう。

棚町　俳諧の勃興で、連歌が文芸の座を俳諧に譲った。しかし、連歌は依然として行われている、というのは事実だと思います。ただ、そこに、連歌の法楽連歌への形式的な移行の原因は、という難しい質問でございますが――。

よくいわれておりますように、宗因が俳諧がいやになって、また連歌に晩年は熱中したということがよく指摘されます。が、これはまあ、俳諧の初期の話でございます。

近世の中期・後期の連歌、その連歌と俳諧との間に、今問題になっているようなことがあったかどうか。今、問題になっていたような俳諧をとるべきか、連歌を守るべきかということは、あまり皆さんお調べになっておられずに行われていたと漠然ととらえられており、私もそうとしか申し上げられません。

白石先生が言われるのは、連歌が芸術として残りえなくて、奉納連歌としてしか残りえなかったことですね。

俳諧の連歌と、連歌とを対立的に考えるとそういう問題が出てくるのですが、それは、実は同じ人がやっていた、ということがはるかに多いと思います。

連歌をとるか、俳諧をとるかではなく、連歌をやる人と俳諧をやる人が同じ人であった。そこには、そういった意識的な区分といったものはなかったんじゃないかと思うのです。

もう一つの片仮名の問題は大ざっぱな話になりますが、今日、歌舞伎といえば伝統芸能になっております。しかし、歌舞伎という言葉は大体「かぶく」という言葉で、「奇をてらう、新しがりや」という意味です。それが歌舞伎の本来の性格もあったわけでして、なにも伝統芸能ではない。これは当たり前のことですが。ただ限度はございます。

俳諧あるいは純正連歌。そういうもののもとに遡ると、時代の座標軸というのが、歌舞伎の評価の違い同様に動くわけです。

以上、はなはだお答えにはなりませんけれども——。

島津　白石さんのご質問は、講師のお答えを聞いた上で、ご意見ということだろうと思うのですが（笑）。

このことについて、金子先生のご意見はいかがでしょう。

金子　今日、陳列室に渡辺さんのところの連歌書が陳列されていますけれども、出ていない物の中に「花下門人帳」という非常に注目すべき資料があるのです。それは、里村玄碩の門人を書き留めたものですが、それによりますと、その門人帳に名を連ねるのは、広島でいえば、御用商人から上の階層で、それ以下の者はありません。そういうことで、連歌社会は連歌社会で一種の系列化が行われていたことは争えないと思います。

そうなってきますと、連歌は、一般庶民階級をしっかりつかむ方面が弱くなって、大名と結んだり、儀式になったりという形で、だんだん上昇してしまいます。その結果、全体としては衰弱することになる、というふうに私は感じます。

島津　それでは、白石先生。

白石　そういたしますと、結局、棚町先生のお答えというのは、初期俳諧の時代は別としまして、中・後期俳諧の時代になったら、連歌という一つのジャンルが滅んで俳諧というジャンルが興ったと考えるよりは、連歌というジャンルが時代によって一つの流行をしたと。つまり、連歌が体質変化して、新しい形の連歌文学が興った、というふうに解した方がいい、というふうに受けとってよろしいでしょうか。

棚町　ちょっとそれに似ていると思いますが、中期俳諧の頃、連歌と俳諧はその詠み手が重なっていた。同様に、金子先生のご発言にもありましたが、それはまた近世末まで重なっておるという実感がある、と私は思うんです。同じ人が俳諧をやり、また連歌をやる、という方が多い。

宮脇真彦　成城大学の大学院生の宮脇です。棚町先生に質問させていただきます。「重なっていた」という場合ですね、同じ作者で連歌と俳諧の詠み方は、連歌は連歌の詠み方で詠み、また俳諧は俳諧で、俳諧らしい詠みようをしているわけでしょうか。たとえば、俳言とかそういった面で……。

中期・後期といった時代に同じ人物が、連歌は連歌らしく、俳諧はまた別な作り方で俳諧らしく作るという、作風と言いますか、そうした詠みようの違いははっきりと見ることができるのでしょうか。それとも、それほど違わないものでしょうか。

棚町　詳しくあたっておりませんが、その違いというのは、今ここで問題になっているほどはっきりした違いがないのが実態じゃないかと思います。

竹本宏夫　どなたにお伺いするかということは漠然としておりまして申し訳ないのですが、一番私、大事だと思っておりますのは、四五〇年も連綿として続いて奉納されているということが最大の問題でして、ちょうどいい時期に際して、ますますこれから盛んにしていこうというお考えでこのシンポジウムが行われたと思うんです。そういう観点から考えていきますと、これまで長い年月にわたって行われてきたものに、二つの側面があると思います。

一つは、広義の宗教が連歌というものを通じて、その土地の人々の信心とでも言えるようなものと深く関わっている結果続いてきた、ということです。連歌と宗教との関わりの意義は、ほかにさまざまなものを含めてのものだと思いますが、ここの場合、車上連歌ということでそうした関係が作られておりますので、その車上連歌をどう位置づけるかという問題があるのではないかということです。

その次は、連歌というもの、その実態から言うと、どういう言葉を使うべきなのか、ということでございます。それで、俳諧と言わずに連歌と言う限り、連歌の範疇から漏れる詠みようとは何か、ということについて、もう少し説明していただけませんでしょうか。

金子　連歌をやる上で、使ってはいけない言葉を申します。

第一に、野卑な言葉でしょう。性的なお笑い言葉の類です。第二は、俗世の常用語や、漢語的な言葉。第三は、謎かけや懸詞で卑猥を暗示するもの。

まあいくらでもあると思いますが、思いついたところはこんなことです。それを個々にこれとこれと、というように並べればきりがないのですね。

奥野純一　私は「車上連歌をどう考えるか」ということで申し述べます。

金子先生のおっしゃいました、しっかり付句がつくという付合上での特質とか、参加者の連帯の気持ちだとか、あるいは、いろいろな願いを付句に託す、というようなことが大事で、言葉の問題は車上連歌では重要でない。祈りが大切だということで、思い切って出句していただくと、祈りが実質的な意味を持つということで、連歌の方はこういうふうにやっていくんだという付け方の大筋を決めていただきますと、車上連歌はもう少し燃え上がると思うんですが、どうでしょうか。

金子　私もその説は賛成なんです。

やはり、連歌的なものの中に俳諧の願望が入っているのですね。それはかまわんのじゃないか、極端に言えばですよ。そういう気持ちです。今おっしゃったように、車上連歌のようなものにいろいろ俳諧的なものがある、と。それはそれでいいんですけれども……。

私は、それをうまく消化しまして、それをもう一つちょっと高い所へ抱え込んで下さるというふうな付合が、この間に関わってくるというう形になれば、大いに歓迎したいと思います。

それはちゃんと自分の高い秩序の中に取り込んでやるぞという、そういう姿勢でのぞむのはたいへん結構だと思います。

二つの流れ——社頭連歌と車上連歌

島津 今、何人かの討論の中で出てきております車上連歌の問題ですが、このお宮の連歌としまして、現在二種類の、かなり異なった連歌の場が催されています。

一つは、社殿の座で完成される社頭連歌、もう一つは、屋外の山車の上下で連歌を巻く車上連歌、ということをかなり分けてお考えになっている方がおられます。

いわゆる車上連歌というのは、笠着《かさぎ》連歌だと。あるいは、ああいう笠着連歌の伝統のようなものを、いわゆる奉納連歌として考えよう、という考え方が一つあると思うのです。

それから、もう一つ。これは私から言うんじゃなくて、どなたか質問の形でしていただければ結構かと思うのですけれど。現実に行われているのは、まだそこまで分けてゆく段階ではないのじゃないか。おそらく、社頭連歌も、車上連歌も、とにかく現在の連歌を進めていくということで、そこに差を設けてまで難しくやれないんじゃないかという、そういうこともあるんじゃないかと思います。

もう一つは、これは先程の白石さんの質問にもどるわけですけれども。そこで白石さんのあげられた質問の中に、連歌というものが近世俳諧にかわってしまって、そうして連歌というものは、いわゆる奉納の行事としてしか残らなかった、ということです。

つまり、そういうコメントを投げかけられたのは、これは憶測になりますが、現在、行われている今井の連歌が、俳諧を含んでいるという現実を踏まえられた上でのご質問ではなかったかと、私は思うわけです。

それはつまり、俳諧を含んでいるんだけれども、現在、今井連歌を続けていくためには純正連歌ではとても続かない。もう少し、純正連歌を中世末期に連歌から俳諧が興ってきた、そういう変化を、連歌の上に持ち込まなければ続いていかないのじゃないか。そういうお気持ちがあったのじゃないか、と私は思うわけです。

もう一つの奥野さんのご意見は、そういうものだけではとても連歌は昭和五十年代まで続かなかった。つまり、そこまでもたないのではないか。連歌というものは、いわゆる行事として神に捧げるものとして続いてきたんだということを一方では考えなければならない、と言われたんじゃないかと思います。にもかかわらず、明治から昭和に至って、お宮の行事としても絶えてしまった。そういう現状において、今はどうしたらよいかというのが、ここで問題になっていると思います。

そこに、一番初めに池田先生が質問された「連歌と言いながら俳諧を入れていかざるをえない」ということに対して、浜千代先生は、「連歌、俳諧というのは、こう違うのだ」と言われた。それは心がまえといった精神的な面として言われました。それをもう少し、具体的にはどうなるのか、というあたりのご説明がほしいと思います。

今、私が要約いたしましたことに間違いがあれば、「それはこう間違っている」とお聞かせいただきたいと思います。

今、お名前の出ました先生方、いかがでございましょうか。

池田　私としては、皆さんと一緒に明日、連歌を巻かねばならない、そういうことで身近な問題だと思います。

今井連歌が、お宮の行事として、これはまさしく四五〇年の奉納歴を持っておりますが、この歴史は、やはり九州で興ったんですから、私としては純正連歌でもっていきたいと思っておるのです。

しかしながら、島津先生も歌を作っておられるし、私も現代短歌を作っております。現代の歌壇は、(俳句も含めて) 非常に新しく動いておる。しかし、中世に興った奉納連歌はやはり奉納連歌として伝えていきたい、とかように思っているわけでございます。けれども、作る時には、奉納するとか、そういう意識じゃなしに、一所懸命、文芸作品として作っていく、という気持ちになっております。

私は、一所懸命作るということが、神自身がご受納下さるのじゃないかと思うのです。

実は、私は連句も好きなんです。連歌に実際に出てくる俳言と言いますか、そういうものを否定するわけにもいかない。そういう問題をかかえながらやっています。

もう一つの問題であります、車上連歌と社頭連歌の区別はしておりません。これは社頭だから社頭らしく、これは車上だから車上らしくという区別は一つもしておりません。よい連歌を作っていきたい、そういう一念だけでございます。

地元の意見として申し上げました。

島津　現代短歌の実作者としての池田先生と、

連歌宗匠としての池田先生の、なんかジレンマのようなご意見だったと思いますが（笑）。

奉納連歌のあり方という点で、池田先生のお話を踏まえた上で、ご意見はありませんでしょうか。

浜千代　先生の今おっしゃったことが連歌と違いましょうか。そういうふうにご苦心なさっておられる過程そのものが、私は連歌だと思うのです（笑）。私は大賛成です。

島津　どうやら、その点は結論が出たようでございます（笑）。

車上連歌と奉納連歌は、現代はかえていないという、池田先生から現状を言っていただきました。一応、この現状を理解するということで、もし問題があれば、また後で今後の問題として考えていきたいと思います。ちょっと、このシンポジウムで結論を出すところまでは行かないと思いますが。

島津　ほかに話題を変えて、ご質問はございませんでしょうか。

現代の連歌のあり方

森田兼吉　全く連歌を知らない者として率直な疑問というか、質問というか……をしたいと思います。

今、池田先生が、短歌の実作者としての場合と、連歌の宗匠としての場合のジレンマをお話しされたわけですけれども、たとえば宗祇の場合には、そういうジレンマはなかったと思います。そういう感じがするわけです。

宗祇の時代では、連歌師たちが、自分の望んでいる美意識に深刻にというか、しっかりとそこに焦点をおいていた。そういう形で、そこに集まってきた人たちの美意識が一つに統一されてきた、ということがあるんだろうと思うんです。

　ところが、今の連歌では、私たちのまわりで連歌を作る時に、そういう美意識の統一ということはおそらくできないんじゃないか。しかも、そのあたりが、連歌が俳諧の連歌にかわってきた原因でもあったんじゃないかと考えるのですが、そのあたりをどなたかにご説明いただければと思うんですが。

島津　これは金子先生に。

金子　私は先程の提案で、いったい現代では、どういう連歌が可能なのかという疑問、あるいは問題を投げかけたわけですが……。私自身は、お聞きの通り逃げたわけです。逃げたことで、また追いかけられて（笑）、それが、みな私の方へ回ってくる（笑）。結局、何かお答えしなければならなくなりました。

　私、先程の補説でちょっと申しましたように、どんな場合でも「有心」が基本になると思います。この言葉を「人間性」と言い換えてもよいと思います。単なる人事ではなく、その底に流れる人間の哀れさであります。そこまで入ることが基盤として必要ではないかというふうに思います。

　かなり俳諧がかった俗な句でも、そこから今申した意味での「有心」を掬《すく》い上げてくれれば、そこに一つの方向が出てくると思います。句々が取り上げる対象はさまざまであっても、その底から掬い上げるものが大切であります。人間の哀れとしての「有心」などは、普遍的な基盤になるものと思います。それによって連歌的秩序を組み上げていく、そういう努力をする必要があると思います。繰り返しになりますが、今言ったような「有心観」ということで、かなり共通基盤が可能じゃないかというふうに思います。

　なにしろ、黒潮逆まく俳諧の荒海の中で、連歌的秩序を確保するということは、並々ならぬ努力がいるし、非常な協力が必要だと思います。

島津　ほかに何かご意見、ございませんでしょうか……。

初めに出ました世吉の問題も残っておりますが、それだけではなくて、ここで行われております連歌の形態といいますか、具体的な問題に多少触れざるをえないだろうと思います。

今まで出ました質問の中などで、金井さんが出された、純正連歌でいくのか、俳諧連歌でいくのか、そういう問題を兼ねたこととも関連いたしますし、あるいは金子先生のお話の中で、実際にここで行われている連歌を見た場合に、俳諧がたくさん入っているという、そういう見方をされる点もあると思います。

連歌と連句、これは形は同じですけれども、奉納連歌はどこまでも奉納連歌であると、俳諧でなくて連歌であるということを建て前として守っていこうとするならば、どうしたらいいかという問題も出てくると思いますので、そういった面で先程、浜千代さんが言われた、世吉がいいんじゃないか、という問題が一つあります。

もう一つは、これは司会の私が言うのもおかしな具合ですが、当然いろんな方から違う質問をいただき、それを取り上げたいと思いますが、もう一つ関連して申し上げたいのは、高辻宮司がお書きになっておられます「連歌はよみがえりえないか」（一四七ページ以下参照）、これをお読みになるとわかることですし、あるいは、ここで毎年行われている連歌というものを、お読みいただければ大体わかるわけなんです。連歌と連句というのは、単なる言葉の問題であって、俳諧と連歌の違いは内容の違いなんだ、という考え方がそこにあると思います。

つまり、現代の連歌ということで、もっとも現代にふさわしい連句を文芸的に詠んでいっても、それでいいんじゃないかという考え方が、当然あると思いますけれども。

具体的には、ここで奉納されておりますが連歌を詠んでいただきますとわかりますように、やはり連歌の中に具体的には俳諧がたくさんまじっているという形をとっているわけなんですが、そこに一つの救いのようなものを、具体的に詠まれた中に感じるわけです。

私が拝見した中では、半百韻だったら表八句と、裏にまわって十句ぐらい、さらに、名残りの裏あたりはできるだけ純正連歌に近い形でいこう、そして、真ん中のところでは大いに俳諧でいいんではないか、とその作品を読んで考えたわけなんです。

そのような問題について、ご意見をいただきたいと思うのです。

まず最初に、連歌と俳諧、これが連歌なんだということで、それをより完全にするには世吉の方がいいんじゃないか、ということを浜千代先生が言われました。

これについて、浜千代先生の方から、もう少し詳しく、なぜ世吉でなければならないかということをお答えいただいて、そして、それをめぐって、会場の方からご質問をいただきたいと思います。

歌仙と世吉

浜千代　まず初めに、普通に行われております俳諧は三十六句であります。これと区別できるという点でも、本当に形式的でございますけれども、世吉がいいのじゃないかと思います。
それから、二枚の懐紙に、表八句、表十四句、その次の表十四句、最後の裏が八句。それは連歌懐紙のぎりぎりのところであり、しかも、句数において実行可能なものではなかろうか、というふうに考えたから取り上げたものです。固執は絶対にいたしません（笑）。

島津　世吉の問題について、つまり、歌仙か世吉かという問題について、そのへんのところで何かご質問ございませんか。

竹本　その前に、ここで行われている連歌が、過去からどういう形式で流れてきているか、ということですね。それが歌仙形態できているのか、それとも百韻であったものが歌仙に変わってきているのか。そういう歴史的な面を、たとえば、百韻が歌仙に変わったとすれば、それはどういう理由でなったのか、ということを考える必要があるのではないかと思います。

もし宮司さんの方でわかれば、その歴史を多少でも明らかにしていただくと、考えやすいと思いますけれども……。

高辻安親　実は、歌仙ではございませんで、半百韻なんです。百韻仕立ての半百韻でございます。最近の作品をお手元にお配りしてありますのでご覧下さい。

ただ、半百韻となったのは戦後のことでして、戦前までは享祿以来ずっと百韻連歌でいっています。今も昔も、歌仙ではありません。

島津　いつ頃から、俳諧的なものになってきたか、ということを……。

高辻　それはですね、よそのものはよく調べるんですが、うちのはあまり調べてないんでして……（笑）。

俳諧的な句が現れたのは、昭和十年くらいからだと思います。ちょうど、ここだけに奉納連歌が生き残った頃ですね。明治以後、全国の奉納連歌が消えていき、さすがに最後まで残った太宰府さんの連歌も昭和十年で終わります。この頃から俳諧句が本神社の奉納作品に入ってきます。そうして、昭和十年代後半にかけては同じ調子が続き、戦後になりますと「これは俳諧だ」としか思えない句が多くなってきます。

それから、さっき島津先生に解説していただきましたように、一巻の初めと終わりをできるだけ連歌でいき、俳諧的な句は初折裏三句目あたりから名残表までに限るようにしたのは、たしかここ七、八年のことじゃなかったかと思います。


竹本　連歌として、お祭りなどに使われてきたものが法楽連歌になるのではないかと考えられるのですが、聞いてみると、連歌という一つの形を守って、それに俳諧的要素をいくらか入れていくというようなことになったんじゃないかと思うのですけれども。

そう考えますと、やはり連歌というものには、しきたりがあるわけですから、そういうしきたりを守りながら、結局新しいものを開発していくことになるのですが、そういう流れの中に、しきたりはしきたりとして守っていかねばならんでしょうし、そうして、その上で新しいものを開拓していくという、そこらあたりに問題があるんじゃないかと思いますね。

そのような観点から眺めてみますと、たとえば世吉の問題ですね。先程の歌仙というものはどうも俳諧的様相が強いということで、それに対して世吉は初折表八句、名残裏八句、中が十四、十四と並んでですね、表八句と裏五句くらいにかなり柔軟な色彩を出し、そのしきたりは残すという先程おっしゃったことも考えると、非常に便利だと思います。五十韻もちょっと多過ぎるような感じもします、浜千代先生のおっしゃったようにですね、世吉が面白いんじゃないか、という考えを抱いているんですけれども……。

島津　世吉の問題が最初に出たわけですけれども。結局、芭蕉の時代でも、歌仙が普通になっておりながら、改まった時には、表八句をしたためるということが出てくるわけです。そういう重味を持ったということになると、表六句ではなく、表八句という形が必ず出てくるということになりますと、世吉ならばそういう座が保てるということが一つあるでしょうし、それから、本当は百韻でなければいけないんだけれど、連歌を作る苦労というか、環境が違っていますから、百韻はとても無理だということになると、歌仙では俳諧的になるので、世吉ならば半百韻とそんなに数が違わないので、俳諧的なものではなく、奉納連歌ということに重点を置いて、世吉がいいんじゃないか、というのが浜千代先生のご提案だったと思うのですが、いかがでしょうか。

島津　実際にやっていらっしゃる方でご意見があると思いますが、いかがでしょうか。

池田　当神社の『連歌新則』の第五に「作句ハナルベク大和言葉ニヨルベキモ新熟語等慣用ノモノハ之ヲ認ム　只高尚平易ヲ旨トスベキコト」と、こういうことなんですが。「新熟語等慣用ノモノハ之ヲ認ム」というところから、初折表・名残裏、そのへんは別にして、破のところは自由ということで、私たち「連歌の会」もやっておるわけでございます。新熟語慣用のものはこれを認む、ということも、どの程度認めるか、これが難しいところでございます。まあ、そのへんのところはいいんじゃないか、とそれこそ座の文学ですから話し合いをしながらやっております。

それから世吉の問題。これは今日、浜千代先生から、なかなかいいご提案がございましたが、実を申しますと、歌仙でも精一杯でございます(笑)。正直なところ、五十韻でも時間がかかり、一日集まりましても考えたりしてなかなか進みません。で、歌仙と五十韻の中間に浜千代先生の世吉があるわけでございますが、これは今後

「連歌の会」の人たちと相談しながら、そういう試みもしてみたいと思っております。

島津　浜千代先生の言われたのは、半百韻と世吉を比べた場合に、半百韻は名前の通り百韻の半分の五十韻で、連歌の形式としては整った形ではないわけなんです。五十韻という形でまとまった式目はないわけで、どこまでも百韻を途中でやめたという便宜的なものが五十韻にはあると思います。

そうすると、世吉は真ん中の二の折、三の折を省いた形で、百韻の初めと終わりがまだ形として残っておるのではないか、というのが浜千代先生のご意見だと思うのです。

今、池田先生が言われた「歌仙で結構」ということも結構でございますし、さらには、のぞめば世吉というものをやってみよう、今後は進めていこうということで、この世吉の問題は切り上げさせていただきたいと思います。

その次は、先程、池田先生が言われた『連歌新則』ということで六項目で取り上げられている式目の問題なんですが。

式目の問題は、池田先生が宗匠として、座のリーダーとして、話し合いで、大体みなもほぼ問題の出ないところで、なんとか慣用でやっていこうと言われる。それで結構だと思うんですが、やはり、高辻宮司の「連歌はよみがえりえないか」を見ますと、連歌新則の六項目だけでは、どうにもならないので、やっぱりそれには、江戸末期の連歌論書からの式目を引用していると、そういうふうに書いてあります。その場合に、大体、連歌よりは和漢聯句の方が制限が軽くなっています。和漢より俳諧の方がまた軽くなっておりまして、その俳諧の形式をもとにして、それをどこまで守るかというところが、現在の式目の問題になってきていると思うんですが。

高辻宮司さんが、今度のシンポジウムで初めから式目のことを言われておりますのも、一つにはやはり俳諧の盛んであった頃に整えられた形の連歌の式目があり、連歌を今後も続けていくためには、新しく式目を作ることが必要ではないか、ということが前から言われている問題なんです。

それで、ここで一つ具体的な例で出てきたのが、浜千代先生の、外来語、片仮名語、それから時事用語というのはいっそ俗語にしたらいいんじゃないか、俗語で制限したらいいんじゃないか、という新しいご意見が出たわけです。

これは、ここで「じゃあ、こうしましょう」というわけにはとてもいかないので、具体的には、こういった方向で今までの連歌の式目を大体準用しながら、もっと細かなことは、現実に連歌をおやりになっていかれる中で実際に基づいて、このへんをこうすればという具合に、出てきた問題を書き留めておいていただいて、やがて本当のものになるという形のものだろうと思います。そのへんのところのご意見をお願いいたします。

浜千代　外来語あるいは時事用語は、最初の第一ページの表には避けたいように思います。その後、合わせて五句ぐらいはと思うのですけれども。付句にすぐに続く場合が当然でございましょうが、その場合は別としまして。

私なんかはこの仮名書きのことが非常に気になり、これは私の個人的な感覚でございましょうけれども。俳諧ならば、これは大いにやるんですけれども。

島津　ここまでの問題に対してなんらかの解答が出たと思いますので、今後は話題を変えまして、ほかにご質問はございませんでしょうか。

……太宰府天満宮の西高辻信貞宮司がお見えになっていますが、何かご意見はございませんかか。

太宰府の連歌の歴史

西高辻信貞　昔は太宰府でも連歌はあったのですが、昭和十年から絶えてしまいました。それが、ここには今日までその連歌が続いております。これは高辻宮司さんのご努力によるものと思います。同じ神道にたずさわる者として、いろいろと高辻さんに教えをいただいて、これからは仲良くやっていきたいと思います。

棚町　俳諧か連歌かということでございますが、そのことは次にしまして、今の太宰府の宮司さんのお話に関連いたしましてちょっと私から申し上げます。

太宰府の場合でも、近世の初期までは百韻がその場でできておったようでございます。ご承知のように、中世、それから近世の初期におきましては、連歌を巻きますスピードは、大体一日に三百韻で、四百韻の日もあるわけです。千句だと三日でございますね。これが近世の初めでございます。

ところが、近世の末から幕末にかけての実態はどうかと申しますと、それは、今度出さしていただきます『太宰府天満宮連歌史』に収めました文書中に、かなり実態資料が出ております。前もって作っておって神前でセレモニーとしてやる。こういうようになっております。

幕末に、その場で百韻が詠まれていたとお考えになると、今やっておられる方が、どうしてできないんだろうかとお思いになると思いますが、そんなことはございません。幕末でも、その場ではできておりません。

もう一つ申し上げますと、太宰府の宝物殿には、連歌御一巡箱という、独得の文箱がございます。これは、おそらく幕末から明治・大正・

昭和にかけて使われましたようでございます。これは、各人が詠みましたのを次々に書いて回す。和田万太郎さんというお方――ご健在なら八十幾つかになられると思いますが――に伺った聞き書きを今度の本に収めておりますが、それによりますと、一巡が決まりますと、それを宗匠の所へ持っていって直してもらって、決まったら次の所へ持っていく、という形がとられています。

それで、先程のことでございますが、連歌を詠む方が俳諧も詠んだというのが歴史的な姿でございますから、これは暴論かもしれませんが――連歌や俳諧を非常にゆるやかな、やりやすい形でやって、その方が純正連歌を時々詠む、という行き方が現実的ではないでしょうか。つまり、連句であれ（今の連句よりもっと現代風になったのでも）、連歌であれ、それが盛んになっていけば、つまり歌仙であれば一時間か二時間でできる、というようなことになれば、純正連歌もできやすくなるのではないか。もっと暴論を申しますと、楽譜を読めない者が音楽をするなんていうことは考えられないことでしたが、この頃はおたまじゃくしを読めない歌手が、音楽家としてちゃんと認定された。極端に言うと、そういうこともございますので。

とにかく、楽しくかなりのスピードで巻けるようになれば、純正連歌をそれなりに取り込む、ということの方が現実的ではないか、ちょっと乱暴な意見ですが……。

白石　臼田先生にちょっとお話しいただきたいんですが。

なんかお祭り的なものには、聖なるものと最も俗なるものが抱き合っているような感じがいたしますけれども、そのへんのダイナミズムについてお答えいただけたらと思います。

と申しますのは、たとえば、お宮で神事がありまして、奉納連歌というのは神事の一端ですから自らをずっと抑えるのが当然だと思うのですが、一方、境内ではおどろおどろしい見世物があって、そのものを含めて非常にロマンチックな神域を持っておるのでございますが。

車上連歌というものは、そういう群集の中にあるおどろおどろしいエネルギーみたいなものを吸い上げなければ、盛んにならないのじゃないかと。そういう意味で、車上連歌というものが衰退し、それと抱き合せの形で奉納連歌というものの意義がなくなってくる。

車上連歌と奉納連歌の根底にある、祭りのダイナミックなものをお聞かせいただけたらと思いますが。

連歌の持つ宗教性

臼田　祭りは、先程申し上げたように、祭りの原型的なものを求めれば、客人《まれびと》神を村の乙女が待っている、という形でとらえていたのでわかりますとおり、私はやはり、この民俗の根源的なものへ向かって祭りのエネルギーというものを掘り起こしてきております。おっしゃるとおり、それを聖なるものと俗なるものとの交錯というふうにも捉えられます。もっと根源的に、生命力というか、そういうものが祭りの根源にあると思うのです。その上で、祭りというものをば、聖なるもの一方だけで捉えてはいけないと思います。

殊に神道では、祭りは二重構造になっていると言ってもよいのであります。儀礼的な形式的なものと同時に、今度は、それから解放された神人和合するという形で直会《なおらい》というものが行われております。そういう点で、これはやはり連歌の歴史の中で、純正連歌をやった後でもっと解放された俳諧の連歌が出てくる必然性をも感じさせます。

そういう歴史の中で、荒木田守武がご承知の通り『俳諧独吟千句』、『飛梅千句』をなして俳諧の祖と見られることになったといわれております。俳諧の祖というのには山崎宗鑑もあげられるのですが、その『新撰犬筑波集』を読みわけていくと、どうしても、『飛梅千句』とは一つにならないのです。守武が伊勢の神主で、それでいて純正連歌から解放されて、俳諧を作ろうとした意欲というものをもう一回見直したいものです。そうすれば、社頭連歌、奉納連歌、法楽連歌というものも、守武ぐらいのところが、純正連歌といわゆる猥雑な宗鑑なんかとの間の守武くらいのところが、一番いいのではないかというふうな気持ちがしておるのです。

おっしゃるとおり、祭りそのものが持つ、聖なるものと俗なるものとは、神の存在に関わっております。実は、日本の神はキリスト教などと違って赦《ゆる》す存在であります。そういう意味で、人間性というものを日本の神々が認めていらっしゃるというような考え方を、私は持っております。そこから日本の祭りというものを考えていくのがいいのではないかと思います。勿論、だからといって、日本の祭りが特殊性だけで成立していると言うのではありません。ヨーロッパに行ってきて痛感したことがあります。キリスト教で覆われていると思っていたヨーロッパに、実際には田舎なんかへ行くと、キリスト教以前の土俗信仰というものが、非常に強く残っておる。それを見ると、ヨーロッパの人間たちも、過去は言うまでもないが、現在もキリスト教だけで生きているのではない、という感じが非常に強くするのです。

そういう向こうの祭りを、なんというか、人類的普遍性というものから見ると、日本の祭りとヨーロッパの祭りと、非常に通ずるものがあると思うのです。それは、人間性というものから考えて当然のことだ、とこんなふうに考えています。

庶民に近い車上連歌

奥野　昨夜遅くタクシーでこちらへ参る途中で、運転手の方から聞きましたが、祇園さんの祭りは夜中の一時、二時までも大変なにぎわいだ、というふうに伺いました。

車上連歌の大体の位置づけは、当然、伝統的なものであるでしょうが、できるなら、庶民的に、連歌を付けるのはこうするんですよとか、その意味はどういうふうになっているとか、それから採り上げ方の上で、金子先生のお話の中にもありましたが、よく付いているとか、楽しくするものだとか、そういう観点を入れていただいて大きく伸ばしていただければ、と思うんです。

こんなことは外野から言ってはいけないのですが、奉納連歌の方は神に献るということが一番大事なことと思いますが、車上連歌の方は、世吉なり歌仙なりで、結局最後にまとめていくんですね。そういう形が巧みなところだと思いますが、車上連歌は神に献るということに、庶民が参加するということが大事なことだと思います。その位置づけをしていただきたいという希望を持っているのでございます。ただ、お宮に参拝するというだけでなく、車上連歌に付句することで、本当の祇園さんのお祭りに参加するのだ、という意識が生まれたら、すばらしいと思います。

高辻　後で池田先生、それから福島さんにご発言願いますが……。

初めに「奉納連歌に関しては、お宮は受ける立場だ」と申し上げましたが、車上連歌では特にそうで、これはまったく奉納を受ける立場でございます。

　神社から一キロくらいの今井西の山車で車上連歌は行われますが、今お話にありましたように、ちょうど、一番お参りが多い時刻でございまして、私はそこには参加しませんで、ここでお神さまのおそばにお仕え申し上げております。子供の頃は知っておったのでございますけれども、宮司になりましてからは車上連歌の実際は見ていないんでございます。遙か離れた山車の上下で付句が進み、挙句に至ると山車上から神社に向かって朗唱奉納が行われる。宮司は神社にいてこれを受けるわけです。勿論、肉声が聞こえるわけではありません。

　それから、まとめられた連歌懐紙が後で神社に届けられることにはなっておりませんので、車上連歌の記録はお宮には残っておりません。私の家には下書き程度のものが二、三残っておるようでございます。

　実は、「連歌はよみがえりえないか」の補足に書いてありますが、車上連歌の場では、非常に俳諧をもじったほどの自由な付けが昔からあって、これは、あれは楽しかったなあ、というふうな共感を得るような世界がこの土地にあったようでございます。

池田　最近の車上連歌はさっきちょっと申しましたけれども、福島さんの家で七月十五日に社頭奉納連歌の発句定めの儀が行われ、七月二十一日が社頭の席となり、それから浄喜寺での七月三十日の発句定めを受けて八月二日の夜、祇園の車上連歌となるわけです。
　私たち連歌をやっている者は、さっき申しましたけれども、これが社頭連歌、これが車上連歌、と分けて考えてはおりません。特別に車上連歌を復活させていただきたいという声は非常にありがたいと思うんですけれども、車上連歌だけを採り上げるということはどういうことか。やはり、福島さんの所でやっておる社頭連歌の方も盛んにならなければならない。車上連歌だけ、こっちはこっちと、そういうわけにはいかないのが現実で、車上連歌も社頭連歌も盛んにならなければならない。同じ神社に奉納するのですから、そういうアンバランスなものではございません。

私たちとしては、どちらも盛んにやって行きたい。車上連歌の問題も出ましたけれども、どちらも同じにやっていきたい、こう思っております。

島津　この問題について、地元の方のご意見はいかがでしょうか。福島さん、おられたらお願いします。

谷口宣孝　当神社の「連歌の会」の谷口でございます。福島さんの代わりで。

実際には、笠着連歌としての当地の連歌の底辺は非常に弱くなっております。

現実問題として、浄喜寺で一巡した後、車上で付ける句というものは五、六句でございます。その五、六句も実際には、長句、短句、一句たつ、去嫌《さりきらい》ということがわからなくては付けがおかしいものになります。ですから、先生方のご指摘のように、車上連歌を今後隆盛にしていくということは、われわれとしては、非常に困難な問題だと思います。

島津　どうもありがとうございました。

奥野さんが言われた問題は、確かに本質的な問題でありまして。

これは、私も以前に車上連歌に関しまして、同じような質問を当時の福島（任太郎）さん、片山（豊敏）さんにしたと思います。その時の答えが、今の谷口さんがお答えになったような形で、お答え下さったと思います。

今、全国からお集まりになっておられる皆さんが、車上連歌の時にもお見えになって、どんどんお付け下さいますと、それは、車上連歌というものに自由な連歌が出てくると思います。ところが、現状はなかなかそういうわけにはいかないということです。それも、ここでやっていらっしゃる「連歌の会」というものがだんだん育っていって、そういう方が多勢になってくると、初めて車上連歌も盛んになってくる、ということです。

もう一つは、十何年か前に片山さんからお聞きしたことですが、時々、俳句を作っておられる方が来られてすばらしい句を出してくれるのだけれども、ところが、それを採り上げると次が付かなくなって全然留まってしまう。それで、それは採り上げないこともあるんだ(笑)、と言われた。

つまり、車上連歌というものを、今頭の中で考えていらっしゃる方と現地でつくづく状況を見ていらっしゃる方との間には、かなり開きがあるようです。

奥野さんのご意見は、将来そういうような状態になるように育てていくということで考えておいた方がいいかと思います。

高辻 さっき棚町先生から、一日四百韻というお話がありましたが、それはちょっと、今は無理でございまして……。

ただ、女性ばかりの「ひまわり連歌会」という会が当地にありまして、そこでは三時間ぐらいで歌仙をゆうゆうと巻いたことがあります。

それから、これまでは社頭連歌の場合にも、やはり当地の連歌のできる人である程度事前に用意しておりました。一巡というのは二十二句なんですが、従来は一巡の最後の八句ほどを七月十五日に実際に詠んで二十二句・一巡にしていたんでございます。ところで、今年はやればできるんじゃなかろうかということで、正式の席が朝十時過ぎからぶっつけ本番で発句から始まりまして、ちょっと遅くなりましたが、午後一時ぐらいに大体一巡いたしました。これは、戦後初めてのことでございます。

後の二十七句を続けて半百韻を完成するのが、一週間後の拝殿での座でございますが、これも本年度は初めて一句も用意しないで、その場で全部詠んで挙句まで完成しました。

それから、池田宗匠と対立することになると困るんですが（笑）、笠着の世界というのは、やっぱり俳諧もいいところで結構なんじゃないかと思うんです。

社頭連歌は純正連歌に近づけて、車上連歌の場合は、連歌の本質的なところは守ってですね、用語の問題、表現の内容につきましては、ぐんとくだけていいんじゃないか。

車上連歌で「アズ草食うてジル糞たるる」と付けたという言い伝えがこの地にあります。これはよその人にはわからんぐらいの俗言表現極まるものですが。また、句が途絶えますというと、「蚊がくいついて立っておられず」など、昔から決まった声が出ます。今井に共通なことばです。そういうことがあったなあ、というふうに多くの人に語りつがれているということは、実際にはある程度この種の句も採択して笠着である車上連歌の場は進んでいたのじゃないかと思います。また、そうすることが笠着本来のあり方と思います。

私の家に車上連歌の懐紙らしいもの、きちんと書いたものが残っているのは奉読用で、実際は俳諧を取り込んで付句の筋が進んだんじゃないかと思うんですが。

私は、奥野先生の笠着の場のご意見には魅力を感じております。

臼田　「ひまわり連歌会」という女性ばかりの会ができていて、女性の連歌ファンの話を聞いて、非常に私は安心いたしました。女性は太陽である（笑）。だから〝ひまわりの会〟。これは、実にいいなと思いました。

私が、文化センターなんかで文化講座に出ると、私の講座を聞きにきてくれるのは、ほとんど女性なんです。

女性はひまのあるなしにかかわらず、非常に欲求に燃えておられる。少し、ひまわりの新風が連歌の方にも吹き込むんじゃないかと思います。

池田　女性連歌の愛好者を募ることは、われわれがいつも考えていることです。

実は、われわれには女性を参加させないという気持ちはありません。

島津　「ひまわり連歌会」の方々のご発言をいただけませんでしょうか。

前田　賤　今井の連歌の会のお勉強会に入れていただき、三年ちょっと前からは別個に女の人ばかり八人ほどで会をつくり、毎月二度やっております。

私共は趣味として、俳諧、あるいは連歌の実力をつけたいと思っておりました。

そのうちに、車上連歌に女性を出そうという当時のことで、宮司の先生から、若い人を育てたらということで、近郊の女性の希望者が集まって笠着連歌の勉強をしているわけでございます。

皆さまお帰りになったら、今井祇園さんの女に負けないように、あっちこっちで良い連歌を作って下さい。

島津　社頭連歌にはまだ女性は関係していないようですが、車上連歌、笠着連歌には、非常に新しい幕明けが来たようです。この、「ひまわり連歌会」が発展し、今井の祇園で続けられるということは、幸運なことだと思うんですね。

今一つの、かねてから行われておりますす社頭連歌というものは、しきたりが厳しくて、料理までも昔のとおりに決まっております。非常に形式的なものを守り続けているわけです。

先程、奥野さんから出されたことも、一応笠着連歌、車上連歌の形では、女性の方ばかりではなくて、決められた以外の方がどんどん出て句を作られる。それには、連歌グループが近郊にできていくことも必要だと思います。それが今後、連歌が発展していくための大きな力になる、と思うのですが……。

高辻　連歌をもう一つやり直しましょう。これを機会に、今後、連歌実作の面で広くご協力願いたいと思います。

池田　明日の「奉祝歌仙連歌張行」は、九時から打ち合わせで十時から歌仙張行ということになっております。ご自由にご参加いただきたいと思います。

句は、どなたでも結構ですから出して下さい。それを採用するかどうかは、執筆の浜千代先生と私とで決めます。どんどん出るかどうかを、心配しております。

島津　そういうことでございます。具体的には明日の打ち合わせの時に、話し合いたいと思います。

長い間、ご意見をいただきまして、ありがとうございました。

連歌実作

奉祝連歌を巻く

連歌座。左端から執筆，宗匠，講師陣。
右が神社側。総勢63人で連歌を巻く

〈参会者／発言順〉

高松長平　須佐神社「昭和のご造営」奉賛会事務長
池田富蔵　宗匠、本神社連歌宗匠、梅光女学院大学教授
浜千代清　執筆、京都女子大学教授
金子金治郎　広島大学名誉教授、東海大学教授
高辻安親　須佐神社宮司
臼田甚五郎　國學院大学教授
陣山　綏　本神社総代会長
島津忠夫　大阪大学教授
宮脇真彦　成城大学大学院生
金井　明　連の会
福田百合子　山口女子大学教授
福島桑蓬　大学講師
安藤東三子　ひまわり連歌会

前田　賤　ひまわり連歌会
有松清円　みやこ俳句会
谷口宣孝　連歌の会
奥野純一　筑波大学教授
大場勝枝　ひまわり連歌会
湯之上早苗　広島文教女子大学教授
逸木久子　中学校教員
鶴崎裕雄　帝塚山学院短期大学教授
安東守一　連歌の会
奥田久輝　園田学院女子短期大学教授
江口冨士子　歌人
庄司　瑛　中学校教員
福島又太郎　今井・福島家
対馬恵子　歌人
潮下とおる　みやこ俳句会
黒田としお　みやこ俳句会
松崎富枝
光畑浩治　行橋市職員

奉賛会・高松　今日は雨の中、お足下の悪い中をお出で下さいまして、ありがとうございました。

今日は、昨日のシンポジウムに引き続きまして、只今から、奉祝歌仙連歌張行の打ち合わせを始めたいと思います。どうぞよろしくお願いいたします。

宗匠・池田　おはようございます。今日は、昨日のシンポジウムを足場としまして、歌仙を巻く実作に移りまして、それぞれの句を出していただきたいと思います。ただまあ、いろいろと昨日もありましたように、四季とか、雑《ぞう》の句とか、いろんな句が中に入ってこないと進みません。

それをここで、浜千代先生と進めぐあいを話しながら、皆さんの句が「どのように展開していくか」ということなど、浜千代先生から説明していただきます。

その前に、連歌の作法というようなものを浜千代先生から説明していただきます。

執筆・浜千代　控えの懐紙に記してございますように、最初の方は奉納連歌でございますので、一巡を決めさせていただきます。裏の三句目まで、それぞれ作者を決めさせていただきます。四句目からは、どうぞご自由に実行していただきたいと思います。

それから、句を出していただく時に、最初の五文字をすぐおっしゃっていただいても結構ですし、お手をお挙げになって、出句の意志をお知らせになっても結構でございます。どちらでも結構ですから、早い方が採られますので。

最初の五文字・七文字をおっしゃっていただきますと、私が五文字・七文字を復唱いたします。そしたら後の「七・五」あるいは「七」を、おっしゃっていただきますと、私が「五・七・五」あるいは「七・七」を全部吟じます。

そうして、宗匠と相談しまして、よければここに書きまして、もう一度吟じます。

ですから、採られた句は、二回吟ずることになります。ただ、発句は三回吟じます。

そういう具合になります。ちょっと、のんびりした話ですけれども……。

それから、季節が、その懐紙に書いてございますですね。月と花。その月を春にしていただいてもよろしいし、普通は秋なんですけれども……。花は完全に春でございますね。ですから、その前あたりから、季節を考えていただかないと、少し渋滞すると思いますので、どうぞよろしくお願いいたします。

それから、初めに句を出していただいて、私が吟じますが、その時に差し障りがありますと、お返しをいたします。お返しするのは失礼ですけれども、差し障りがあるといけませんので、どうぞお許しをお願いいたします。

それから途中で、タバコなり、ご休憩をなさりたい方は、どうぞご自由に座をはずされても結構でございます。

昨日の話に続き、だいぶむずかしいようなことになりますけれども、どうぞご自由に。これこそ連帯の和、どうぞよろしくお願いいたします。

〔初折・表〕

それでは、発句を金子先生からお願いいたします。

金子　それでは、僭越ではございますけれども出させていただきます。
　道をおこす
執筆　みちを　おこす
金子　宮居新し　冬の森
執筆　〔朗詠〕みちをおこす　みやゐあたら

し　ふゆのもり

宗匠　賦物は、「初何」でございますね。

ここでは、「初冬」ということで、ちょうど冬季でございますから、ご造営の、そういう意味も込めまして「宮居新し」と非常に良い句をいただきました。

執筆〔朗詠〕みちをおこす　みやゐあたらし　ふゆのもり　金治郎

脇を宮司さんにお願いいたします。

宮司　紅葉の色も

執筆〔朗詠〕もみぢのいろも

宮司　冴えまさる今

執筆〔朗詠〕もみぢのいろも　さえまさるいま

宗匠　これは、発句に付けまして脇でございまして。「紅葉の色も」ですね。これに「冴えまさる今」、ここに冬の句を継いでおります。採択いたします。

執筆〔朗詠〕もみぢのいろも　さえまさるいま　安親

第三句は宗匠にお願いいたします。

宗匠　晴れわたる

執筆　はれわたる

宗匠　海鳴り遠く響ききて

執筆〔朗詠〕はれわたる　うみなりとほくひびききて　富蔵

宗匠　第三句は「て」留めが決まりです。ここでは雑にゆきまして「晴れわたる　海鳴り遠く響ききて」と付けさせていただきます。

執筆　第四句は、臼田先生にお願いいたします。

臼田　客人を待つ

執筆〔朗詠〕まれびとをまつ

臼田　をとめはなやぐ

執筆〔朗詠〕まれびとをまつ　をとめはなやぐ

宗匠　「客人を待つをとめはなやぐ」。これは、昨日、臼田先生がいろいろ「まれびと」のことについて、それを待つおとめの微妙な気持ちを語られました（笑）。
　採択いたします。
執筆　〔朗詠〕まれびとをまつ　をとめはなやぐ　甚五郎
　第五句を、総代さんにお願いいたします。
総代・陣山　くまもなき
執筆　〔朗詠〕くまもなき
陣山　月中空に鳥の数
執筆　〔朗詠〕くまもなき　つきなかぞらにとりのかず
執筆　歌仙第五句目は月の定座で、今お聞きの通りで「くまもなき月中空に鳥の数」。採択いたします。
執筆　〔朗詠〕くまもなき　つきなかぞらにとりのかず　綏
　第六句を島津先生にお願いいたします。
島津　虫の音しげき
執筆　〔朗詠〕むしのねしげき
島津　丘のへの家
執筆　〔朗詠〕むしのねしげき　をかのへのいへ
宗匠　これは五句目というのを受けまして、「虫の音しげき丘のへの家」と、ここに焦点をあてまして、「そこに、虫がしきりに鳴いている」という句でございます。採択いたします。
執筆　〔朗詠〕むしのねしげき　をかのへのいへ　忠夫

〔初折・裏〕

　裏へ参ります。第一句を奉賛会の高松様にお願いいたします。
高松　露みてる
執筆　〔朗詠〕つゆみてる

高松　裾野ひろごり　影もなし
執筆　〔朗詠〕つゆみてる　すそのひろごり
かげもなし
宗匠　ここも「露みてる」で秋を出して、丘を裾野という見立てで「虫の音しげき」を受けて、これを入れました。付いております。この裏の第一句目として、なかなか表の第六句によく付けて詠んでおります。「露みてる裾野ひろごり影もなし」。採択いたします。
執筆　〔朗詠〕つゆみてる　すそのひろごり
かげもなし　長平
　裏の第二句を宮脇様にお願いします。
宮脇　心ごころに
執筆　〔朗詠〕こころごころに
宮脇　風の中行く
執筆　〔朗詠〕こころごころに　かぜのなかゆく
宗匠　これは裏の第二句でございますが、「露みてる」までで三句秋の句が続きましたので、八句目は「心ごころに風の中行く」と雑の句でございます。採択いたします。
執筆　〔朗詠〕こころごころに　かぜのなかゆく　真彦
　第三句は、筑波から来られた「連の会」の方にお願いいいたします。
金井　漁り網
執筆　〔朗詠〕いさりあみ
金井　けふを命の魚透きて
執筆　〔朗詠〕いさりあみ　けふをいのちのいをすきて
宗匠　これは漁り網でございますから、今魚をとっている網の中に、魚が透きとおって見える、という魚の命についての作者の哀れみと言いますか、今日が最後の魚の命をいとおしむ、という作者の呻吟が心ごころの句の「風の中行く」という、それぞれの思いで、漁り網の魚に見解を示した。ということで、採択いたします。
執筆　〔朗詠〕いさりあみ　けふをいのちのいをすきて　明
宗匠　どうぞ付句をお願いいたします。裏に回っていますので、お楽にしていただきたいと思います。
福田　行橋の水
執筆　〔朗詠〕ゆくはしのみづ
福田　低くかがよふ
執筆　〔朗詠〕ゆくはしのみづ　ひくくかがよふ
宗匠　前には、魚のことで、命があり、そこで次は、自然の水が低く流れて輝いている。そういうさらっと付けたところに、また一つの付け方があります。採択いたします。
執筆　〔朗詠〕ゆくはしのみづ　ひくくかがよふ　百合子
宗匠　いま雑が三句続きましたが、この次は雑でもよければ、夏でもよいですね。どちらでもいいのですが、いい句をお願いいたします。
執筆　次の方お願いいたします。
――夏の句でもよろしゅうございますか。
　滝壺に　落つる水音　聞きながら
執筆　前句に水がございまして、また水音と水で差し支えがございますので、お考え直しをお願いいたします。
宗匠　さっきが水の関係で、低く輝くようで、今度は滝壺に水が落ちる水音。あんまり水では、ちょっと進み具合が悪うございます。どなたかほかにありませんか。
福島　み社の
執筆　〔朗詠〕みやしろの
福島　千木そとそぎに　緑濃き
執筆　〔朗詠〕みやしろの　ちぎそとそぎにみどりこき
宗匠　「み社の千木そとそぎに緑濃き」。この

「緑濃き」に夏の季を持ってきておりますね。そして、神社の外そぎの千木に森の緑が映えているとでもいった想定ですね。採択します。

執筆〔朗詠〕みやしろの　ちぎそとそぎにみどりこき　桑蓬

宗匠　ここで夏の季がせっかく出ましたから、夏をもう一句ぐらい、どうでしょうか。

安藤　ゆるく鷺舞ふ

執筆　ゆるくさぎまふ

安藤　苗代はるか

執筆〔朗詠〕ゆるくさぎまふ　なはしろ　はるか

宗匠　ちょうど今、鷺が苗代の向こうで舞っているのを、作者が見まして「ゆるく鷺舞ふ苗代はるか」。前の句に付いているので、採択いたします。

執筆〔朗詠〕ゆるくさぎまふ　なはしろはるか　東三子

宗匠　今度の裏の八句目は月が出るんですね。それで、月は秋でございます。

ただしかし、それは前に秋の月がいっぺん出ていますし、春の月でもいいんでございます。ただ、その前に、すぐ秋の月というと、なかなか難しいところでございまして、ここで雑の句を一つ持ってこないと、秋の月が輝けないですね。

そこで、雑を七句目に出したらどうでしょうか。夏は二句出ておりますから、夏の月ではちょっと具合が悪いですね。

前田　君が目に

執筆〔朗詠〕きみがめに

前田　憂ひよぎるを悲しみて

執筆〔朗詠〕きみがめに　うれひよぎるをかなしみて

宗匠　私は、恋の句はさっき言わなかったんですけれども、そう言えば、もう恋が出そうな所ですね。もう裏も八句目、それに歌仙ですから。「君が日に憂ひよぎるを悲しみて」、「ゆるく鷺舞う苗代はるか」。こういうところですね。採択します。

いま月の前の句が出ました。これで、月が出やすいような感じになりました。

ちょっといい月をお願いいたします。

執筆　〔朗詠〕きみがめに　うれひよぎるをかなしみて　賤

有松　ビルの谷間に

執筆　びるのたにまに

有松　月影のさす

執筆　〔朗詠〕びるのたにまに　つきかげのさす

宗匠　ビルの谷間という、都会の景色を持ってきまして、そこに月が出ている。

「ビルの谷間に月影のさす」。なかなかいいシチュエーションですね。採択。

執筆　〔朗詠〕びるのたにまに　つきかげのさす　清円

執筆　裏第一句の「かげもなし」の「かげ」もございますが、六句以上離れていて、意味も違いますから。

宗匠　十一句目が花の句でございますから、ちょっと迫ってきております。花は春でございますから、今は秋に来ておりますが、雑にいって、秋から春というのはなかなか難しいところでございます。季移りを都合よく進めると、春になるわけです。そのへんを一つ考えながらいきましょう。

谷口　にごり酒

執筆　にごりざけ

谷口　くみかわす夜は　更けやらず

執筆　〔朗詠〕にごりざけ　くみかはすよはふけやらず

宗匠　「にごり酒くみかわす夜は更けやらず」。

酒をくみかわして、なかなか夜もふけない、という見立てのようでございますね。「ビルの谷間に月影のさす」、「にごり酒くみかわす夜はふけやらず」。なかなかよく付いた雑ですね。採択いたします。

今度は、花の前の「花前」の句ですね。花をさっと咲かせる、その前の十句目。

執筆　〔朗詠〕にごりざけ　くみかはすよはふけやらず　宣孝

宗匠　せっかく今井の祇園様に来て、あの時「句を発表すればよかった」と後で悔いの残らないように。今日は最後の実作の場ですから、思う存分句を出して下さい。

——梢をわたる　風の優しき

執筆　すみません。季がございませんので、お考え願います。秋をお願いいたします。

——紅葉にわたる　風の優しき

執筆　紅葉はなんとかなりませんか。秋の紅葉は、季としては重とうございます。

次の人、はなれわざをやっていただきます（笑）。

——夜さりを雁の　一声ぞする

執筆　前句に夜がございますので、ちょっとお直しいただけませんか。

——木の芽の落つる　須佐のきざはし

執筆　すみません。千木がございますので、ちょっと近すぎますね。

——車窓かすめて　錦織りなす

執筆　前句に付きにくい感じがいたしますのでお考え直し願います。

奥野　雁のひとつら　峰越ゆる声

執筆　〔朗詠〕かりのひとつら　みねこゆるこゑ

宗匠　さっきのは「車窓かすめて錦織りなす」これは前句に付きにくいところがありますね。いま出していただいたのは「雁のひとつら峰越ゆる声」。ここでは、声を出していただきました。なかなかよく付きます。
「にごり酒くみかわす夜は更けやらず」、「雁のひとつら峰越ゆる声」、よく付きますね。採択いたします。

執筆　〈朗詠〉かりのひとつら　みねこゆるこゑ　純一

宗匠　今度は花ですね。

執筆　この花の句は付けやすいと思います。

安藤　腰がこひ　なき絵馬堂に　花散りて

執筆　〈朗詠〉こしがこひ　なきゑまどうにはなちりて

宗匠　これは、別に差し支えありません。これを採択いたしましょう。

（ここで、執筆と島津忠夫氏たちから異論が出される。二分間程話し合う）

宗匠　「み社」と「絵馬堂」は、近いような感じがしますけれども。もし、もっとほかに良いのがあれば（笑）。

大場　若き娘の　袂に花うく　野の点前

執筆　〈朗詠〉わかきこの　たもとにはなうくののてまえ

宗匠　これは、野点の若い女性が花浮くたもとをちらちらと振って、なかなか華やかな情景だと思います。採択いたします。

執筆　〈朗詠〉わかきこの　たもとにはなうくののてまえ　勝枝

宗匠　なかなか良い花の句が出ましたので、次も春の句をお願いいたします。
――はるけき山に　陽炎のたつ

執筆　〈朗詠〉はるけきやまに　かげろふのたつ

宗匠　これは、差し支えありません。
（ここで、また話し合いがある。「はるけき山」と「苗代はるか」に差し合いあり、の声）

宗匠　どうも……。見渡しておるつもりですが、ここが、連歌の難しいところで……。
俳句のようにはいきませんで、なかなか差し合いというのが出てきますですね。
安藤　古き城跡　草の萌ゆ
執筆〈朗詠〉ふるきしろあと　くさのめのもゆ
宗匠　これは、差し支えありますか（笑）。
ここで、詩想を肥やす意味で十分間休みます。
執筆〈朗詠〉ふるきしろあと　くさのめのもゆ　東三子
懐紙が変わりますので、お休みをいたします。

〔名残折・表〕

執筆〈朗詠〉ふるきしろあと　くさのめのもゆ
宗匠　これに付けて、春の句をお願いいたします。
——すぐろ野に　まずもえそめし
宗匠　前の句が「もゆ」ですから、どうも……。
湯之上　碑に　翅を休むる　蝶二つ
執筆〈朗詠〉いしぶみに　はねをやすむるてふふたつ
宗匠「碑に翅をやすむる蝶二つ」なかなか絵になる風景ですね。
執筆　お名前をお伺いします。
湯之上　早いという字と苗で早苗です。女のような名ですが、正真正銘の男で、本名でございます（笑）。
執筆〈朗詠〉いしぶみに　はねをやすむるてふふたつ　早苗
宗匠「碑に翅をやすむる蝶二つ」。もうここで春が付きましたから、どうでしょうか、次は雑ぐらいにしたら。述懐とか旅とか、いろいろ出ると思います。
福田　旅寝の髪の　ややに乱るる

執筆　〔朗詠〕たびねのかみの　ややにみだるる

宗匠　「蝶二つ」を受けまして、「旅寝をして髪がみだれる」、いいところをつかんで、艶なる風情をたたえています。採択いたします。

執筆　〔朗詠〕たびねのかみの　ややにみだるる　百合子

逸木　細き雨　ふみ待ちながら　紐を組む

執筆　〔朗詠〕ほそきあめ　ふみまちながら　ひもをくむ

宗匠　これはまた「旅寝の髪」を受けまして「細き雨ふみ待ちながら紐を組む」。なかなか良い句です。採択いたします。

執筆　〔朗詠〕ほそきあめ　ふみまちながら　ひもをくむ　久子

宗匠　なかなか興にのってきておるようですね（笑）。このいきおいで、良い句が出るんじゃないかと思います。

（この後、いろいろな句が次々と出る）

——こえぬ想ひの　あやにくにして

——ちぎりし小指　うすべに悲し

——さもあらばあれ　暁かけて

——ひびく音にも　心はりつる

——薄明りして　衣ずれの音

——暁かけて　さだかなる夢

執筆　すみません。打越に「旅寝」がございますので……。

——心こきざに熱きものあり

宗匠　「こきざ」というのは「細き雨」にかけたのでしょうか。ちょっとごつごつした感じがありますね。もっと、ほんのりしたものができないでしょうか。

鶴崎　もののふの妻　家を守りて

執筆　〔朗詠〕もののふのつま　いへをまもりて

宗匠　「もののふの妻家を守りて」。これは「もののふ」、兵隊ですな。その妻が、夫の留守をしっかり守る、そういう意味でしょうか。採択いたします。

執筆　〔朗詠〕もののふのつま　いへをまもりて　裕雄

宗匠　雑が三句続きましたので、このへんでどうでしょうか、夏の季があまり出ていませんのですが。夏または冬でもいいのですが、今度は季を入れましょう。

金井　勝りたる　心をかけて　かねてより

宗匠　「もののふの妻家を守りて」、「勝りたる心をかけてかねてより」ですか。

――まだ雑を続けますか。

宗匠　もう二折目ですから、もう、このへんで雑は打ちきった方がいいと思いますが。

金井　申し上げたいことがあるんですが、よろしゅうございましょうか。

碑、羽、蝶、これが初めにきて、それから、髪、みだるる、恋で、それから銃後の妻の形になっている。それが、旅を呼びだして、恋にいって、雑でつないで、というふうに私は思っていたんですが、宗匠のおっしゃるのは、これが、雑だ、雑だとおっしゃるんですが。私は、二句目、三句目は恋になっていると思うんですが、思い違いでしょうか。

宗匠　恋とつくのは、みな雑です。

金井　恋が二、三句というふうに私は憶えていたんですが。それで、雑にもっていってから修正しようと思ったんですが。

宗匠　ここにずっと、そういった匂いのする句が、雑として三句続いております。

島津　問題になっているのは雑の旅と、雑の恋ですね。これが、秋の旅とか、秋の恋とか、季と雑の考え方の中でのたとえですが、こういうようになったらいいんですが。

これが、雑の旅であり、雑の恋ということですから、やっぱり雑が続いたということになると思います。

宮司　連歌で「雑」という言葉を使っているのは、ただ季がないというだけの意味ですね。

宗匠　「勝りたる心をかけてかねてより」、うーん。（宗匠考え込む）

――ハーイ（挙手）。

金井　一つの句のけじめをつけてから、次の句を出していただきたいんですが。

宗匠　それは、その通りです。

「勝りたる心をかけてかねてより」、これを読むと、すぐぱっと浮かんでくるのは、なんかこう、「句がたっていない」ような気がするんですが、どうでございましょうか。

金井　お言葉を返すようでございますけれども、今まで巻かれたものを見ますと、動詞、形容詞より、むしろ名詞が多いと思うんですが。ちょっと「地」がなくて、「文」ばかりで巻かれてきたように思うんですけれども、どうでございましょうか。

宗匠　さっき休んでいた時、金子先生から座談で出たのですが、「漢字留め、名詞留めが昔は多かった」と。今度の歌仙でも、いわゆる漢字留めがだいぶ出たわけですね。

金井　「一句たつ」ということは、たいへん必要なことだと思うんですけれども、一つの流れの中で、ひとり立ちするような言葉も含まないと、私は重くなるように思うんです。それで「地」と「文」が適当に入り交じった方がいい感じになると思っております。ずっと「文」ばかりできておるようですから。

島津　宗匠の言われていることと、今言われているのと、意見が食い違っているわけですね。つまり言われているのは、最後の句留のことではなくて、句の中にはっきりとしたイメージのようなものが入っている。そういうのをあえて

「文」。何もない、野放しのようなはっきりしたイメージもわかないのは「地」の句ですね。
そうしたものをひっくるめたものでないと、「文」ばかりで並べると、もつれてしもうてくる。それで、流す方が必要じゃないかと思います。

宮司　「一句たつ」と、「地」、「文」の問題は別じゃないでしょうか。前句とつないで見るとわかるが、その句だけではどうもはっきりしないものを「一句たってない」というわけで、これは、その意味で一句たちえないから問題になっているのです。

宗匠　形の問題じゃないかと思います。これは、内容と形式、これが、からみあいながら進んでいく。
「もののふの妻家を守りて」。この句とのかねあいが難しいところでございまして……。

金井　生々しい事実的なことを羅列していくか、ある言葉を使った場合、その言葉に何を含んでいるか、ということは考慮に入れなくてもよろしゅうございましょうか。確かに、心というのは『伊勢物語』に「その人のかたちより、心がまさりたり」という、それを含んでいるつもりでございますけれど。宗匠のお裁きをお願いします。

宗匠　『伊勢物語』の、物語的なものを踏まえているという作者の弁でございますが、もう少しなにかを……。

有松　よろしゅうございましょうか。私は、歌仙なんかわかりませんので、いい質問もできませんが……。
皆さんのお話を聞いていますと、何か堂々めぐりをしているような格好で、少しも進展がないと思うのです。ここらあたりで、一つ気分転換をやっていただきたいと思います。ここの三句程は、内面的な、というか、精神的というか、そんな表現ばかりのように感じますので、それでは気分転換にならず、先に進まないと思います。

宗匠　ごもっともです。いま内面的とおっしゃった、そういう面が確かにありますね。

　ここで、何か転換させていったらと思っているんですが。これは、季に転換させていった方が変わっていくんじゃないか、と思いますね。それで、ここは雑を打ち切って、季にいきたいと思います。

有松　それならいいですね。やたらに言うと、いちゃもんをつけられるので……（笑）。

　二つ三つ　年若がへり　白かすり

宗匠　「二つ」ですか、出とるですね。

有松　そんなら、三つ四つ（大笑）。

宗匠　そういうわけにはいきません（笑）。

安東　師の軸に　背を向けずして　夏座敷

宗匠　「師の軸に背を向けずして夏座敷」。なるほどね。

執筆　〔朗詠〕しのぢくに　せをむけずして
なつざしき　守一

宗匠　これは、心境的なものが続いた中に、「師の軸に背を向けずして夏座敷」と、すかっと夏の季を持ってきた。そういうところが転換をしていると思います。採択いたします。

宗匠　夏の句が出ましたが、あんまり続くと、今度はおもしろくないし、また一句で捨てても惜しいような気もしますが……。

　どうでしょうか、十一句目が月ですから、そこのところを考えながら付けて下さい。

――稜線はるか

宗匠　「はるか」は、もう出ていますね。

安藤　青梅かたく　まろぶ庭かげ

宗匠　「かげ」はありましたね。

安藤　それでは、「庭の面」にします。

宗匠　これは差し支えありませんが、用語をちょっと。「青梅かたく」は、言葉が重なっていますね。「青梅まろぶ」がよくはありませんか。

安藤 そうですね。

宗匠 「青梅まろぶせまき庭の面」がいいですね。

執筆 作者、いかがですか。

安藤 結構でございます。

（この「青梅まろぶせまき庭の面」の、「せまき庭の面」が問題になる。「こけむす庭」とか「青梅のそとまろぶ庭の面」とか「せまき敷石」とか、いろいろ出るが、句が苦しいとか、前に敷石は出ているとか、座が笑いに包まれる。で、結局……）

宗匠 「青梅まろぶせまき庭の面」を採択します。だいぶん、ごたごたしましたが（笑）。

執筆 お名前をどうぞ、青梅の方……。

安藤 私の名前を申し上げてよろしいでしょうか。随分助けていただいたようですが（笑）。東三子です。

宗匠 これが、座の文学ですね。いろいろとみんなの意見があって、いい句になるのですね。

執筆 〈朗詠〉あをうめまろぶ　せまきにはのも　東三子

金井 ちょっと申し上げます。今、宗匠のおっしゃったことは、衆議判で決まるということでしょうか。

宗匠 衆議判とは、ちょっと違いますね。いろいろと案は出しますけれども。

やはり、せっかくのご造営の機会を踏まえての連歌でございますから、良い句を出したいと思います。いまおっしゃった衆議判に近いようなことがありますけれども、とにかく良い句を残していきたいと思います。

そこで、夏が来ましたが、こんどは雑にいきましょう。

――ちょっと先生。このままずっと連歌を巻いていってしまいますか。それとも、ここらあたりで昼食でもしますか（笑）。

宗匠　そういう動議が出されましたが、昼食にいたしましょうか。腹が減っては良い句も出ませんでしょうから、昼食にします。

高松　それでは、三十分程時間をあけまして昼食に入ります。

＊　＊

執筆　〔朗詠〕あをうめまろぶ　せまきにはのも

宗匠　さっきも申しましたように、夏が来ましたので、後に雑を一つ。あまり固くならずに、さらっと付けばよろしゅうございます。軽い気持ちでお願いいいたします。

奥田　静かなる　思ひに今日も　安らぎて

〔宗匠、執筆、思案する〕

大場　ハーイ。いいですか。

走りくる　裸の男の子　たくましく

執筆　前の句に「軸に背を」の「背」がありますので、差し障りがございますですね。

宗匠　どうでしょうか。「静かなる思ひをこむる安らぎに」と「に」にすれば。「に」があまりないようですから。

〔うなずく〕

それでは、そのようにして採択いたします。

執筆　〔朗詠〕しづかなる　おもひをこむるやすらぎに　久輝

宗匠　雑が出ましたが、もう一つどうでしょうか。

——杉の白木の　廊下明るし

執筆　青梅がございますので、申し訳ございません。

江口　**手の甲の皺　諾ひて見る**

執筆　〔朗詠〕てのかふのしわ　うべなひてみる

宗匠　「手の甲の皺諾ひて見る」。年輪の重みというものが感じられますね。いいですね。

執筆〔朗詠〕てのかふのしわ　うべなひてみる　冨士子

宗匠　雑が二つゆきまして、いま八句目ですが、後三句目が月ですから、雑でもよければ、すぐ秋に入ってもいいですね。

鶴崎　刈り終へて　夕日に沈む　里遠し

島津　十一句目の月を繰り上げてはどうでしょうか。

宗匠　十一句目の月を十句目に繰り上げますか。この次に月を出していただくと、夕日に付きやすいと思いますが。

「刈り終へて夕日に沈む里遠し」。この「里遠し」は「峡の村」とかえた方がいいですね。「刈り終へて夕日に沈む峡の村」このようにしてみましょう。

金井　ちょっとお伺いしたいんですが。十句目に月が来ることになりますと、月が短句になりますが、初折裏の月も短句です。ここでもまた月が長句でなく、短句でも差し支えないものでしょうか。

宗匠　ありがとうございます。やはり、長句でございますね。

（ここで、宗匠と執筆の話し合いがあり、九句目を月にしようということになり、「刈り終へて夕月淡き峡の村」と、作者の意見も入れて直される）

執筆〔朗詠〕かりおへて　ゆふづきあはきかひのむら　裕雄

庄司　野分にはかに　梢ざわめく

宗匠　「野分にはかに梢ざわめく」。これは差し障りがないようですから、採択。

執筆　お名前をどうぞ。

庄司　瑛《てるみ》です。「梢のさわぐ」にしたら、という声がありますが。

執筆　「梢ざわめく」でいいでしょう。

執筆　〈朗詠〉のわきにはかに　こづゑざわめく　瑛

対馬　虫の音を　誘ふ灯　をちこちに

執筆　申し訳ないんですが、ご造営では火を嫌います。火どめになっていますので、すみません。

有松　島浦に聞く　舟歌の初潮

宗匠　名詞留めが「峡の村」に出ておりますから、その次に「初潮」では、体言留めが続き、ちょっと気になります。

有松　そんなら、「初潮の　島浦人の　歌を聞く」。

宗匠　「く」は先に出ています。

有松　初潮の　島浦人の　歌流る

宗匠　こういうことが連歌のおもしろさですね。前の句との関わりを考えながら進めるのです。「聞く」じゃなく「流る」ならいいですね。これを採択します。

執筆　〈朗詠〉はつしほの　しまうらびとの　うたながる　清円

宗匠　秋が三つ出ていますから、雑で行きましょう。

宮脇　憎の恨みを　残す砂浜

〈宗匠と執筆の話し合いが続くが、採択にはならない〉

福田　さびさびとして　渡る世の中

宗匠　「憎の恨み」の「恨み」が、どうもこのご造営を祝う座には向きませんのでしたが、「さびさびとして渡る世の中」は、差し合いはないようですから、これを採択します。

執筆　〈朗詠〉さびさびとして　わたるよのなか　百合子

〔名残折・裏〕

宗匠　これで、名残の裏になります。どうやら最後に近づいてきました。後六句です。
　浜千代先生にはどうしても挙句を詠んでいただきたいと思っています。
　浜千代先生は、私に「花の句を」と言われますが、私はもう、一句出しておりますから、花はもらわなくてもいいんです。

宮司　そうしますと、後四句か五句、ご造営の連歌を頂戴するのですが、できるだけたくさんの人に出していただきとうございます。
　参集殿のこの四枚の襖は、初折の表裏、名残の表裏、とこういうふうに初めから設計しており、これに書き留めていつまでも残してゆきますので、できるだけたくさんの方にお願い申し上げます。

宗匠　それでは、花を誰かもらって下さい。もう一つ雑を行って、冬に行きますか。

島津　気位の　高きは親の　ゆづりにて

宗匠　雑ですね。差し支えはありません。「気位の高きは親のゆづりにて」。親も気位が高かったということですね。差し障りはありませんので、これを採択します。

執筆　〔朗詠〕きぐらゐの　たかきはおやの　ゆづりにて　忠夫

宗匠　次は、冬に行きましょう。七・七の短句ですね。

潮下　素顔にて掃く　反りし落葉を

宗匠　「素顔にて掃く反りし落葉を」。この「反りし」という言葉は、非常にいいところを見ていると思いますね。差し障りもありませんので、採択します。

執筆　〔朗詠〕すがほにてはく　そりしおちばを　とおる

宗匠　そうすると、あと三句ですか。今、冬が出ましたので、雑に行きましょう。
　若い学生なんかも見受けられますが、何かありませんか。雑の句だから、なんでもいいから出して下さい。
黒田　初めての連歌　今日もの西館
宗匠　これはね黒田君。あなたははじめて来たわけだけれども、一番最後の名残折だからもっと良い句を出して下さい。
逸木　賀の舞に　笛の音澄みて　空にみつ
宗匠「賀の舞に笛の音澄みて空にみつ」。これは賀の舞で、なかなかめでたい句ですが、前の句の「素顔にて掃く反りし落ち葉を」に、ちょっと付かないような気がするんですが。
（「付きますよ」という島津忠夫氏の声あり）
そうですね。落ち葉を掃きながら、賀の舞の笛を聞いている。これは付きますね。
じゃあ、これをもう一度読んでください。
執筆〔朗詠〕がのまひに　ふえのねすみて　そらにみつ
宗匠　採択します。
執筆〔朗詠〕がのまひに　ふえのねすみて　そらにみつ　久子
宗匠　最後の名残の裏で、だんだん盛り上がってきまして、後三句。春の季、それから花の句、最後は挙句で、めでたく完了。
後三句、よろしくお願いいたします。
松崎　新幹線　乗りつぎてくる　祝ひ膳
宗匠「祝ひ膳」も良いと思いますが、後三句しかないので、春の句が出ませんか。花の句の前ですから、ぱっと花を咲かせる句が欲しいですね。
――枝に初音の　しのぶ玉垣
宮司　この席では、ここの原則を採用していただきたいと思います。挙句は、ここでは漢字留めが決まりですから、打越のここで漢字留めはどうも……。
宗匠　今、宮司から出ましたが、挙句はここでは「めでたくて、春季を帯びて、漢字留め」と。これが、お祇園さんの習わしでございます。

そうすると、この「玉垣」というのは、ここでは体言留めになってはいけないところですから……。

島津　「初音」は、いいですけれど……。

宗匠　ここでは「祝ひ膳」もいいですけれども、ちょっと遅すぎた感じですね。

この作者は、その代わりになるものを、出していただければいいのですが。

金井　挙句は執筆でございますね。で、花は宗匠が譲ってもいいと先程申されましたが。

宗匠　いや、譲ってもいいということではなく、ここで花を私が詠む必要はないのですよ。

金井　じゃ譲っていただけるんですか。お譲りいただけるということで、私、頂戴できるものなら、頂戴したいと思います（笑）。なるべく花を打ち出して、まるくめでたく結びたいということで、今、ご苦心のあるところだろうと思います。

——梅もほころぶ　祝ひの膳に

宗匠　「祝い」と「賀」は差し障りがあります。

光畑　こけむす庭に　うぐひすの声

宗匠　「庭」が出ているし。

光畑　「村人つどふうぐひす鳴いて」。とおるでしょうか。

宗匠　とおるでしょうか、と言われても。そりゃとおるでしょうけれど（笑）。

最後ですから、長《た》け高く幽玄有心でお願いします。

金井　今、挙句を体言留めで納めたい、というお話しですけれども。そうすると四の句末が「て」留めでは、次の花が呼び出せなくなるので、花を呼び出して挙句で体言留めになるのですね。

宮司　おしまいの方から制限が来ています。このへんは、しまいのところから制限されている。逆に言うと、ある程度は用意ができるのではないかと思います。

——見渡す限り　かすむ村村

宗匠　名詞留めでだめですね。

宮司　普通は、このへんはすらすらといくんですが……。挙句で、みんながいろいろと出し合うということはありますが。

（ここで次々と句が出される）

——村人つどひ　うぐひすをめづ

——眺めせし窓　木々の芽立ちに

——玉垣のねに　うぐひすの鳴き

宗匠　少し時間がかかっても、最後ですから良い句をお願いします。

——ふるさとも早や　雪解はじまる

宗匠　これも、春の句でいいのですけれど、次の花を呼び出すについては、もうちょっときりっとしたところが欲しいですね。

黒田　京都まほろば　春長《た》けにけり

宗匠　「京都まほろば春長けにけり」。ここは豊の国の京都《みやこ》地区、春が長けたよ、そういうことですか。「京都まほろば」がちょっと。前のとは付くのですが。

それでは、「豊の国原春長けにけり」。これが、いいですね。

執筆　お名前をどうぞ。

黒田　としおです。

執筆　〔朗詠〕とよのくにはら　はるたけにけり　としお

宗匠　豊の国原に春が来ましたから、これで花が咲かせられます。

金井　今の句で、「春長けにけり」という言葉を使われましたので、それを使ったものは下げさせてもらいます。

みさくるも　いかに久しき　花なれや

宗匠　「みさくるもいかに久しき花なれや」。「みさくるも」は、何回見ても、桜の花が咲くと、久しぶりの花だな……と。一年をめぐっての桜の花。そういう意味でしょう。差し合いはありませんね。

――すみません。「さくる」というのは、忌み言葉ではありませんか。

執筆 「みさくる」はお祝いの言葉で、よろしいのではないですか。

（「みさくる」という言葉をめぐって、討論が続く。奥野純一、島津忠夫、臼田甚五郎ほかの皆さん）

宗匠 この「みさくる」という言葉が、ちょっとひっかかるところですが。

眺望はるかに見渡す「ふりさけみれば」とかありますが、「みさくる」という言葉があったかどうか、ちょっとわかりませんが。

「豊の国」の言葉が出たので、そういう意味で使ったと思うのですが。私は、作者から聞いておりませんけれども、「桜の花は、いつ見ても、久しぶりにあって、なおかつめずらしい」、私はこのように解釈したのですけれども、どうでしょうか。

金井 「みさくる」というのは、先程「豊の国」が出ましたので、みやびな言葉を使ったつもりでございます。ここで、私の言い分を言わせていただければ、この句はそれほど安易には作っていないつもりです。

宗匠 ここは、花の句でございますから。今良い句も出ましたけれども、ほかに良い句は出ませんか。後の挙句は浜千代先生に出していただきますから、ここで花の句を考えていただきたいと思います。

――咲きそろふ　あした桜の花のもと

執筆 「桜」という言葉は避けていただきたいのですが。

宗匠 それから、もう一つ言いたいのは、先程の「みさくるもいかに久しき花なれや」の「花なれや」は、作者の気持ちもありましょうけれども、やはりここでは、花自体が咲いている様子を直写するというか、花を写す。「花なれや」という気持ちはわかるけれど、そうすると、間のびしたような、そういう気を受けるわけですね。

福島　若みどり　よもの山々　咲きそろふ

宗匠　これは、新緑を詠んだ句ですね。花がないですね。新緑が咲きそろうという感じになりますね。

安藤　花もあれ　民安らけく　幸きくあれ

宗匠　願いを込めた歌の気持ちはわかりますが、ちょっと複雑ですね。

対馬　花嵐　命は蓑を　負ひ給ふ

宗匠　「花嵐命は蓑を負ひ給う」。昨日の天気にひきかえ今日の雨で（笑）、高天原から尊が蓑笠でいらっしゃる、それを踏まえた句のようです。

蓑というのは、普通一般では、季としては夏ですね。

島津　「花あらし」があるので、いいのではありませんか。

対馬　蓑で悪ければ、笠にしましょうか（笑）。

宗匠　「花あらし」、ここに須佐之男命の御神格というものがあり、「花あらし」というのは、良いと思います。

「みの」、これは指し支えもございません。昨日のシンポジウムの話というものを、正しく受けついだものとしての「みの」。これを、採択します。

執筆　お名前を伺います。

対馬　恵子です。

執筆　〔朗詠〕はなあらし　みことはみのを　おひたまふ　恵子

宗匠　それで、最後の挙句を浜千代先生にお願いいたします。

執筆　私が挙句を承りますが、申し上げますので、もしあれでしたら……。

霞も八重の　階の上

宗匠　浜千代先生から、挙句として「霞も八重の階の上」。これは、良い挙句になりました。どうも、なかながと時間をとりましたが、良い挙句で、全部を終了しました。ご協力、ありがとうございました。

執筆〔朗詠〕かすみもやへの　きざはしのうへ　清

宗匠　どうもありがとうございました。

〔拍手〕

宮司　ありがとうございました。続いてご神前で連歌の奉納をいたしますのでご参列願います。

昭和五十六年十一月二十三日

太祖大神社
須佐神社
「昭和のご造営」奉祝連歌

賦初何

一　道をおこす宮居新し冬の森　金治郎
二　紅葉の色も冴えまさる今　安親
三　晴れわたる海鳴り遠く響ききて　富蔵
四　客人を待つをとめはなやぐ　甚五郎
五　くまもなき月中空に鳥の数　綏
六　虫の音しげき丘のへの家　忠夫

初折・裏

一　露みてる裾野ひろごり影もなし　長平
二　心ごころに風の中行く　真彦
三　漁り網けふを命の魚透きて　明
四　行橋の水低くかがよふ　百合子
五　み社の千木そとそぎに緑濃き　桑蓬
六　ゆるく鷺舞ふ苗代はるか　東三子
七　君が目に憂ひよぎるを悲しみて　賤
八　ビルの谷間に月影のさす　清円
九　にごり酒くみかわす夜は更けやらず　宣孝
十　雁のひとつら峰越ゆる声　純一
十一　若き娘の袂に花うく野の点前　勝枝
十二　古き城跡草の芽の萌ゆ　東三子

名残折・表

一　碑に翅を休むる蝶二つ　早苗
二　旅寝の髪のややに乱るる　百合子
三　細き雨ふみ待ちながら紐を組む　久子
四　もののふの妻家を守りて　裕雄
五　師の軸に背を向けずして夏座敷　守一
六　青梅まろぶせまき庭の面　東三子
七　静かなる思ひをこむる安らぎに　久輝
八　手の甲の皺諾ひて見る　冨士子
九　刈り終へて夕月淡き峡の村　裕雄
十　野分にはかに梢ざわめく　瑛
十一　初潮の島浦人の歌流る　清円
十二　さびさびとして渡る世の中　百合子

名残折・裏

一　気位の高きは親のゆづりにて　忠夫
二　素顔にて掃く反りし落葉を　とおる
三　賀の舞に笛の音澄みて空にみつ　久子
四　豊の国原春長けにけり　としお
五　花嵐命は蓑を負ひ給ふ　恵子
六　霞も八重の階の上　清

シンポジウムを終えて

連歌復興への今後の課題

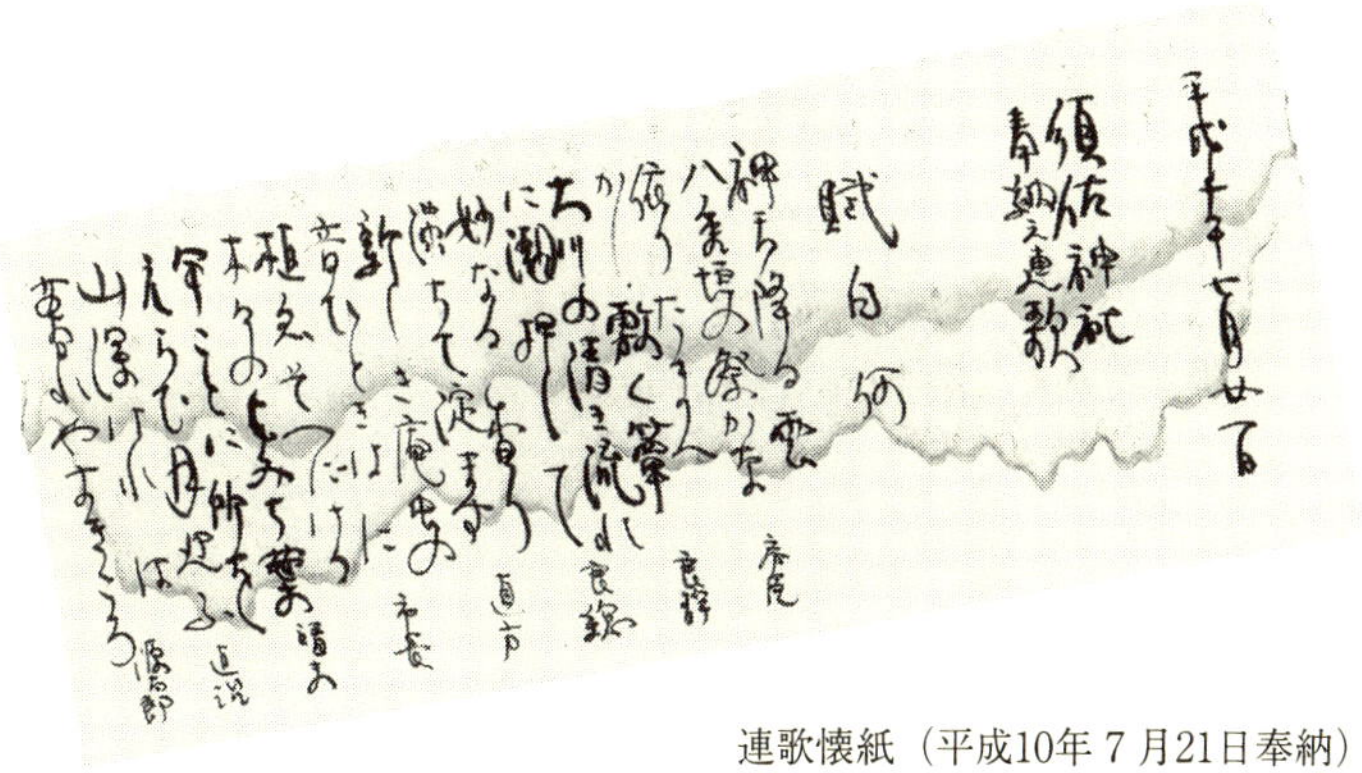

連歌懐紙（平成10年７月21日奉納）

奉納連歌シンポジウムを終えて

大阪大学教授　島津忠夫

奉納連歌の指針としてのシンポジウム

「昭和のご造営」を奉祝して、連歌専門の先生を講師に招いて奉納連歌についてのシンポジウムを催し、これからの奉納連歌の指針としたいという計画を、高辻宮司からもちかけられた時は、果たして、そんなことができるのだろうかという思いであった。というのも、学会ではシンポジウムという形がよくとられるが、その成功した例はきわめて少ない。それに、たとえば、中世文学会において、連歌だけを取り上げることはまずないと言ってよい。テーマとしては、もっと多くの人々の共通の関心を呼びやすいものが選ばれる。それを連歌、さらに奉納連歌にしぼって、討論の形になるだろうかという心配があった。しかも、中央から遠く離れたこの地で、どれだけ盛り上がりが見られるだろうか、結局は講師の先生方の講演を拝聴するという結果になってしまわないだろうか、という危惧があった。

しかし、宮司の熱心さにほだされて何とか成功させたいと思い、まずは講師の先生にどなたをお願いするかということを一緒にあれこれと考えてみた。連歌専門の先生といってまず名のあがってくるのは、金子金治郎、伊地知鐵男、木藤才蔵というお歴々であるが、四人ということでもあり、奉納連歌がテーマであり、シンポジウムの形態ということもあって、ここでは、広島大学に長らくおられ、この地にもなじみの方の多い金子氏に代表していただくこととし、シンポジウムの翌日、その成果をふまえて奉祝歌仙を巻くことが初めから計画されていたので、連歌研究者で実作に経験をお持ちの浜千代清氏にはぜひ加わってほしいと思ったし、奉納連歌ということでは、その実態を最も細かく調査されている棚町知弥氏も欠かせない存在であった。そして、シンポジウムとして盛り上げていくためには、連歌にとらわれないで、もっと広い視野からの発言が必要であり、奉納ということの意義を掘り下げてもらおうということで臼田甚五郎氏に白羽の矢を立てることにしたのである。幸い四氏とも快く承諾していただいた。

島津忠夫氏

たまたま、一月程前の十月十七、十八日に東京で俳文学会があったので、その前夜の十六日に、高辻宮司と司会の私、それに四人の講師の方に集まっていただいて、打ち合わせをしたのである。これは、やはり今から思えば大事なことだった。四人の講師が、まったくそれぞれの立場から、しかも重複することなく有意義な話を限られた時間いっぱいにしていただけたのも、この折の打ち合わせによるところが大きかったであろうと思われるからである。

しかも、当日は、熱心な地元の方々とともに、遠く筑波から来られた筑波大学の奥野純一氏をはじめ、大阪から帝塚山学院短期大学の鶴崎裕雄氏、園田学院女子短期大学の奥田久輝氏、広島から広島文教女子大学の湯之上早苗氏、広島女子大学の友久武文氏、山口から山口女子大学の福田百合子氏、梅光女学院大学の森田兼吉氏、下関市立大学の竹本宏一氏、九州からは九州大学の中野三敏氏、福岡大学の白石悌三氏、福岡女子大学の井上敏幸氏、九州工業大学の石川八朗氏らの研究者が駆けつけて下さったし、また連句の実作を試みられている俳人の金井明氏、歌人の対馬恵子氏が、遠く筑波および横浜から参加されたこともあって、初めの危惧は杞憂となり、活発な意見が交わされて、たいへんな盛り上がりを見たことはありがたかった。

「連歌と俳諧」に集中した討議

ここでは、シンポジウムでの錯綜した意見の交換の中から、いくつかの問題を取りあげ、私見を加えてまとめとしての責を果たしておきたいと思う。

最初の質問が、梅光女学院大学教授で当今井祇園の連歌宗匠でもある池田富蔵氏からの、連歌と俳諧の区別ということについてであったことは、このシンポジウムの展開を方向づけたと言ってよい。いくつかの問題は、その派生という形で次々に出てきて、あるいはからみ合い、あるいはすれ違い、あるいは元に戻りつつ、重要な提言や意見が導き出されていった。当今井祇園で連綿と続けられている奉納連歌が、現在の連句ブームといわれる現象との違い、俳諧の連句ではなく、連歌であるとしながら、どうしても俳諧的な、というよりは当代にかかわる世相・人事を取り込んでいるところに、連歌と俳諧との区別ということが問題になるのである。

池田氏が、実際に毎年の連歌興行の捌きから、具体的に、どこまで俳諧的なものを、用語の面で言えば俳言を取り込んでよいかという点に、大きな関心を持たれているのに対して、浜千代氏は、俳諧といっても、さらに俳言に限っても、それはどこまでも奉納連歌を作る人の心の持ち方、態度にあるという面からとらえようとされているところに嚙み合わない点があった。

浜千代氏も、外来語の問題などではかなりつっこんだ提示もされたが、具体的なことの多くは、実際の場にゆだね、その場の中から作り上げてゆくべきであって、その一つ一つをここで解決してゆくことはできない、という意向であったと思う。

連歌と俳諧との区別を、その座に連なる人の心の持ち方に置こうとされたことは、従来、といってもここ十年ばかりのことのようであるが、当今井祇園の連歌の実作に見えている、厳格に規定すれば当然俳言として忌避すべきものをも肯定しようという立場を正当化するための発言であったように私には思われる。そのことは、形式の上では世吉という形をとることによって、歌仙を主とする俳諧と区別し、歴史的仮名遣いをとろうとする改まった意識を尊重し、外国語などの片仮名を用いる語を制限するといった形に、連歌であることを求めて、内容の上ではかなり自由な発想を許容しようということではなかったか。それはやがて、白石氏の、連歌が俳諧に文学史上の位置をゆずることになって、なぜ奉納連歌としてしか残らなかったのか、という質問ともつながっている。

白石氏が一応質問の形で投げかけ、答えを引き出した上で意見を述べようというにあったようであるが、結局そういった形に進展しなかったので、推測するより仕方はないけれども、その連歌から俳諧への変遷の要因をつきとめることによって、それを逆に、連歌を興隆させる方向を探る一つの指針としようというのではなかったか。連歌が純正連歌を固く守って、俳言を締め出し、古典的世界にのみその想を求めるのではなく、やはり時代とともに新しい身近な素材をもよみ込んでゆくことに活路を求めるべきではないかという意見が用意されていたように思われる。

車上連歌に諸見解

そのことは、成城大学院生の宮脇真彦氏や奥野氏の意見として、社頭連歌と車上連歌を区別し、社頭連歌では、あくまでもしきたりを遵守し、車上連歌に自由な付合のエネルギーを発散させるという二本立てで考えては、という提案ともつながってくる。

奥野氏が、奉納連歌という行事が、お宮の神事として固定することによって長く残ったということに意義を求め、一方、車上連歌に、かつての花下《はなのもと》連歌の隆盛を実現させてみようというのは、いまは絶えてしまった花下連歌の形態を、近世末期まで北野神社などに残った笠着連歌から、この車上連歌にそのなごりを見ようとする連歌史の展開を考える者にとって容易に導き出される見解であり、それには何度かこの今井祇園の連歌について紹介し、その意義づけをしてきた私の説などの影響もあったかとも思われるが、それは現実とかけ離れていることもまた事実であった。

池田氏が、社頭連歌と車上連歌とはまったく区別していないのであって、とにかくこの二つの形で残った今井祇園の連歌を、絶やさずに続けてゆくことに努力しているのだと主張されるのも、現実をふまえた上での発言であることは言うまでもない。

車上連歌といっても、おそらくかつてはそうであったように、そこに集まってくる群衆の中から、次から次へと句が出され、車上の宗匠や執筆との間にやりとりが交わされるという状態ではないのである。車上連歌もまた社頭連歌と同じく、この伝統を守り抜いてゆこうとする人々の努力によってようやく維持されているのが現実なのである。

しかし、奥野氏の提案は、連歌と俳諧の区別ということを、社頭連歌では連歌としての相応のしきたりを守りつつ、車上連歌では俳諧とさして変わらない程度に自由にしてゆくことによって、解決してゆこうという、今後のあり方を示す有意義な意見として顧みられねばならないものと思われる。

しかも、かなりの放埒な、俳諧というにふさわしいものであっても、車上連歌という形で、この祇園祭の中に組み込まれてさしつかえない点については、白石氏の質問に臼田氏が答えられたように、もともと日本の祭りは、聖なるものと俗なるものとが包み込まれた二重構造を持っているということで許容されよう。

社頭連歌も車上連歌も、それぞれ「発句定め一巡」があらかじめ行われた上で、一方は社頭で、一方は車上で完結する形式となっている。その発句定め一巡、および社頭で完結する連歌にあっては、昔からのしきたりを守ってゆくということに、この奉納連歌を今後とも続けてゆく原動力が秘められている。連衆はもちろんのこと、その座の湯茶飲食の品々に至るまでが細かく定められたままに踏襲されていることが、かえって今日までこの連歌を絶えさせなかったとも言えるからである。

問題は、その連歌の作品である。社頭連歌といっても、現代人が毎年新しく作ってゆく上においては、相応の変化が必要であろう。しかし、社頭で完結する社頭連歌の方には、俳諧と、少なくとも心がまえ、態度の上で一線を画したものが要望されるのに対して、車上連歌の方は、もっと自由であってもよかろうというわけである。

かつては、いずれも百韻が興行され、さらにもう一組の車上連歌が、発句定め一巡の後に行われて計三百韻奉納されていたのが、現在では、二組、それも半百韻（五十韻）で行われている。現実としてはやむを得ないことであるが、たしかに祭りの形態としては、それが完備した形であろうということは容易に想像されるし、そのことは記憶しておくべきことと思われる。

地道な前進を

臼田氏が終始一貫して強調されたのは、女性の参加ということであった。いずれは発句定め一巡の連衆の中にも考慮される時があろうが、さしずめ、車上連歌での活躍が望まれる。

車上連歌を活気あるものにするためには、この祭りの場に臨む人の中に連歌や連句の素養が培われていくことが先決なのである。そういった意味では、地元に連歌を作る会が育ってゆくことが重要であり、近隣、遠国から連歌・俳諧の好士が集まってくることが大切なのである。近来の連句ブームがますます盛んになってゆくことも、この車上連歌の盛り上がりに大きな関わりを持っていると言えよう。そういった方向を夢みておくのも楽しみなことである。

しかし現実は、やはり地道に、毎年の連歌興行をふまえて、一歩ずつ前進してゆかねばならないであろう。かつて、俳文学会のシンポジウムで、「俳諧の伝統と現代俳句」ということがテーマであった。もう二十数年も前、シンポジウムが学会でまだ定着していない頃であったが、参加者の発言は活潑に行われた。その折の司会をされた栗山理一氏が、

論点について研究者の側の発言にむしろ積極的でラジカルなものが多かった。出席された関西の実作者諸氏は俳壇でも進歩的な側に属する人たちである。このことは予期しない場面となったが、考えてみれば、それは当然のことだったかも知れない。実作者にとっては、どのように進歩的な理論もひたすら実作の場でためす外に道はない。理論としては割りきられることも、実作の面では一句一句に血を流さなければ解決されないからである。論理を作品の内部に充塡するためには性急な観念の飛躍は許されまい。

と記されているが、私も今度のシンポジウムを司会して、同様のことを思ったのであった。

形式についての提言

なお、今回のシンポジウムで、具体的に今後の奉納連歌の指針として提案があったり、確認したりといったことについても触れておく必要があろう。その一つは、奉納連歌の形態としては世吉がよいのではないか、ということについてである。これは浜千代氏の提言であるが、金子氏も私もその意見に賛成であった。しかし、突然のことであったので、地元の方々には、この耳慣れない世吉ということが驚きであったようである。浜千代氏の主張は、本来が百韻であって、それを今日は半百韻（五十韻）としているが、世吉はそれよりも短く、百韻の四折の懐紙の、二の折、三の折を省いた形で、五十韻よりもととのった形態であり、歌仙とも類似し、それより重々しいということで、俳諧にもっぱら用いられる歌仙と区別することにもなるというのであった。これは実行可能なことでもあり、検討してほしいと思う。

次に、式目のことであるが、戦中から戦後にかけて、片山豊敏氏と福島任太郎氏の努力により、福井久蔵氏ともはかつて制定されたという、六カ条の「連歌新則」（一八〇ページ参照）というものがある。しかし、これはあまりにも原則を定めたに過ぎず、あとは宗匠の捌きを待つということになる。高辻宮司が、今度のシンポジウムでぜひ新しい式目をと言われ、池田宗匠が、初めに俳言のことを問題にされたのも必要に迫られてのことであった。

この点については、浜千代氏が、外来語など片仮名を用いる語は制限を加えるべきだと提言されたのにとどまった。これは今後とも池田宗匠を中心に、地元の方の間で、実作に即して、必要な原則を検討し、実作に詳しい浜千代氏とも相談されて、作ってゆかれるということになろう。具体的には、初折の表八句と裏の二句、挙句近い数句を除いて、かなり大幅に、俗語、外来語にもとづく片仮名を用いる語までも取り込んでいるという現況があり、この際、挙句は「春季を帯びてめでたく漢字留め」といった独特のならわしなどをも盛り込んだ新しい式目が制定されたらと思われる。

造営奉祝に最高の神事　御礼と、なおお願い

須佐神社宮司　高辻安親

まず最初に、このシンポジウムにご参加いただいて、本神社連歌のあり方について真剣にお考え下さった諸先生に、心からお礼申し上げたい。

誰だったか、またいつ頃の著述だったか、思い出せないのだが、連歌界なるものは今日では、ごくわずかの学者が、大昔の作品と連歌式目とをラクダの背なにのせて、月の砂漠をいかにも淋しげにとぼとぼと歩いているようなものだ、と書いていた。明治以降の連歌および連歌学界についてうなずかせるところの多い名文だったからこそ、思わず顔をそむけたのでよく憶えていないのだが。そのような、この文が述べているような連歌事情では私どもは困るのである。

連歌も俳諧も、この日本の社会で、実際には生きていない何十年かがあった。連歌不在の時代にこの片田舎で、連歌を巻くことが神事であるが故に、その継承のためにただ一筋に打ち込んできた先人たちの努力と心意気には感服の外ないのだが、ただ時代が下るにつれて、連歌を実際によんでいく上で、いろんな難題を私どもはかかえこんでしまうことになった。考えても

ほしい。この数十年、連歌というものはここだけにしかなかったのだ。月もない砂漠を手さぐりでさまよい続けたような思いである。

有り難いことに、このたびのシンポジウムでは、皆さんが現代連歌のありように向けてストレートに発言を集中させて下さった。これは司会の島津忠夫氏に負うところが大きかったことは勿論だが、専門学者の皆さんが研究成果を傾けてこれからの連歌実作のあり方というきわめて厄介な問題を真正面から取り上げて下さったことは感銘深かった。一般論に逃げられては困ると計画時に危惧したのが顧みてはずかしいほど、実際問題、それも本神社の立場までをも考えに入れて論議を進めて下さった。まず、この点、感謝申し上げるとともに、これに今後実作のみで報いていくのは大変なことになったものだとつくづく思う。

高辻安親宮司

俳諧との関係が終始話題となったのは、まさに当地積年の課題に応えて下さる次第となった。ここの連歌作品に、戦後いつのまにか俳諧句が含まれるようになり、これを無原則に認めていいものかという、実際に連歌座に連なって襲ってくる衝動的な疑問が今回の催しをお願いせざるをえない基盤となっていた。一方では、歌語だけでは尽くせない現代生活も詠み込みたいという野心もあった。おかげで、春の潮の寄せかえすように繰り返しこの課題に立ち返って論じていただいた。外来語の取り扱いから、連歌・俳諧の独自な分別基準まで、随分よく考えてきてもらっていると感謝しながら拝聴した。

ところで、途中、白石悌三氏の方向づけがあり、その線でもっと纏めていただけるものかと期待したのだが、考えてみればこの問題は、これだけで一つのシンポジウムを開けるだけの内容を含んでいるものだろう。

世吉の提唱は、早速、本年度の連歌に採択させていただいた。浜千代清氏のおっしゃるところがもっともであるとともに、儀式色の強い社頭連歌には世吉形態が適しているからである。表十句と挙句近くを連歌で行き、途中で俳諧を認める最近の行き方によりながら、なお、連歌でありたいという路線上では、俳言を許す句数は少ない方がいいし、名残裏八句というまとまりは連歌に帰るめどとして非常に都合がいい。それに、世吉という完結性はやはり魅力だ。この形式はこれからの本神社連歌でしだいに定着することになろう。近辺の連歌会でも世吉をだんだん試みるようになっている。

式目に関しては今後の実作の積み重ねに待つということになったが、これも世吉を基準に考えていくことになろうか。

翌日の「昭和のご造営」奉祝連歌なるものは、前日の理論を実作で示していただくという、ある意味では意地の悪い企画だったのだが、これも皆さんが虚心にお付き合い下さって、見事な作品をよみ上げていただいた。昭和を画する連歌をもってご神意をおうかがい願うことができ、これにまさる奉祝神事はない。

金子金治郎氏には立派な発句を頂戴した。この句は昨年十一月二十八日に執行された「昭和のご造営」奉祝祭最終日・四日目に奏上した祝詞の辞別にも引用させていただいた。

連歌そのものが衰退、廃絶の道をたどった明治・大正・昭和においては、当代の連歌実作に関する全国スケールの検討は行われる余地がなかった。まして奉納連歌についてはそうである。それを、きわめて高水準に、かつ綿密に検討していただいたのだから、御礼の申し上げようもないのだが、なにしろ百年の欠落を補うのにはこれで終わりというわけにはいかない。私どもは、この貴重なシンポジウム成果を当地連歌の再スタート・ラインと考えている。確かな手がかりを与えてもらって、もう一度、昭和の連歌をやり直す気だ。明るい月をかかげていただいた砂漠を私どもはまた歩いて行くのだが、これを機会に、今井連歌に関与していただいた皆さまに今後も折りにふれて先達、道彦となってもらわねば、まだ心もとない。また、連歌そのものがひ弱な時代であるだけに研究者自身の実作が望まれる時であろうかとも思う。

幸い、昨年の六月には京都で、浜千代清・島津忠夫の両氏を中心に、当地からも数人が出かけ、関西の皆さんとともに世吉連歌をご指導願った。

再び関連した催しを開くことも予定しているが、特に近くにお住まいの皆さんには、今後も折り折りのご協力を賜るようお願いしたい。

付論

連歌はよみがえりえないか

須佐神社宮司　高辻安親

「昭和のご造営」奉祝連歌奉納の様子

連歌は社寺法楽の主流

神仏には言の葉の丈《たけ》を尽す、これが最高のみてぐらであります。お受けになる神仏において、また捧げる側においても常にそうであったことが、この国の「うた」の歴史を貫く道統だと言えましょう。

本神社の御祭神・須佐之男命《すさのおのみこと》の神詠「八雲たつ……」に始まるとされています和歌の道は、すぐれて神に通ずる大道とされてまいりました。うたは常に神人交渉のことばとなって、各時代、神苑に満ちています。神仏習合の時代にはこれに法楽の位置づけがなされ、ほかの芸能とともに盛んに神前奉納が行われてまいります。後に連歌が興ると、連歌興行の特長もあって連歌が詩歌法楽の主流となっていきます。

連歌はかつて社寺法楽の尤なる「うた」でございました。幕末までは全国の社寺で、月次、例祭、式年などの法楽連歌が続けられています。また、連歌祈禱までもが行われ、連歌百韻を巻いて奉納することが、即「旅中安全」や「病気平癒」などの祈禱執行であったことは連歌奉納の神事性を考える上でまことに特徴的です。特に、天満宮系の神社で二十五年毎に奉仕される、いわゆる御神忌大祭で奉納される連歌は祭りに不可欠の要素をなしており、これを欠く大祭は近年の二、三回にすぎません。

修祓、献饌、祝詞奏上、玉串奉奠……と、定型化された祭祀が常態となっています現代では、連歌は祭りの本質を問い直す存在でさえあると言っても過言ではありますまい。定型の祭式を厳修することだけで神人感応の祭祀が完成されるものでしょうか。この国土に受けつがれた祭りの世界は、もっとふくらみのあるものだったのではないでしょうか。連歌はこの問題を考える上で確かな契機となりうるものと思います。

次に、連歌は一部の名神大社のみで奉納されていたのではなく、全国津々浦々の神社で催されていたことは注目しておく点でございましょう。

例を地元である旧今元村にとります。今元村となる前の明治期にはここはほぼ七つの旧村に分かれており、それぞれに氏神さまがあるのですが、その七社のうちの四社で、毎年奉納連歌が行われていました。まず、津留村の津留神社では旧暦八月十五日に放生会の百韻連歌が張行され、昭和十九年までつづいています。文化期（一八〇四－一六年）頃から昭和十九年までの連歌懐紙が正徳三（一七一三）年の懐紙筥とともに保存されており、それ以前の懐紙は散逸したものと思われます。連衆は奉納の主体となっていた地元の奥家の人たち、惣代、神主です。次に、真菰村の菅原神社では毎年の例祭に百韻連歌が奉納されています。また、今井村の氏神・熊野神社でも、三昼夜にわたって執行されていた蟲祈禱祭で連歌座が開かれていました。そして、現在までつづいている本神社です。

残り三社につきましても不定期の奉納があったようです。近郷の神社においても連歌盛行のさまは同様です。

ほとんどのお宮で連歌は定期、不定期に奉納され、その大半は氏子の奉納によるもので、多くの氏子たちが連歌に親しんでいたと見てよいでしょう。

連歌の衰退

ところが、明治以後、連歌が日本の社会で急速に衰えるとともに奉納連歌も廃絶の一途をたどり、現在では全国で僅かに本神社にのみ生き残りました。

当地では「奉納連歌は、太宰府と佐渡のお宮とここ今井にだけ残っていたが、太宰府と佐渡は戦前で絶えた」という言い伝えがあります。太宰府天満宮の連歌については棚町知弥教授の詳細なご研究があり、それによると昭和十年を最後に断絶しており、佐渡については調査中ですが、やはり絶えているようです。

明治元年の神仏分離後はもちろん神社連歌の法楽性は否定され、一方では明治神道は、詩歌奉納を脇に置き、かなり画一的な祭式中心の道を進むことになるのですが、連歌廃絶の原因はここにあるのではなくて、端的に奉納する氏子社会から連歌そのものが消えたことにあるようです。連歌を奉納したくても連歌がよめなくなったのです。今日の社会では絶えている蹴まりなどの古事が神事として社寺でつづけられているように、神社は古例を保存する聖域であるのですが、連歌奉納はなにしろ創作活動を伴う生きた奉納形態であるだけに、日本の社会で連歌がよめないことになると奉納も中断せざるをえない結果となったようです。昭和までつづいたある神社の連歌懐紙には、連歌がわからなくなった大正・昭和の苦しみがよく表れています。

それでは、どうして連歌は日本の社会から消えたのでしょうか。

いわく、連歌は近代の文学理念に合わないからだ、という有力な説があります。なるほど自我の直接的な表白という見地からは連歌はワン・クッション置いたものでしょう。しかし、「連俳は文学に非ず」という子規の揚言から既に百年近くが経過しています。むしろ、明治の評価は西洋に範のないものは捨てるという潮流上で行われ、そしてそのままになっているのではないかという、連歌再検討の余地はないものでしょうか。

また、連歌式目のわずらわしさを言う人もいます。なるほどこれは厄介な問題です。

ほかにも、「現代人は忙しくてのんびりと連歌なんかしている暇はないから」とか、「パチンコ、マージャン……と、娯楽にみちた時代に今さら連歌なんか」の声もあります。馬鹿げた声のようですが、だれもがひとことある現代で連歌の死因として多くあげられる声のようです。

須佐神社に残る連歌

それでは、連歌廃絶の今日、欠年なく連歌を奉納しつづけている唯一のお宮となってしまいました本神社の連歌奉納の現況を紹介しておきましょう。

連歌奉納は夏の祇園祭で行われるのですが、連歌は二セット催されると、まずお考え下さい。一つは、七月十五日、福島家（行橋市今井）で始まり、七月二十一日、本神社の拝殿で完結する「社頭連歌」と呼ばれる半百韻連歌です。

七月十五日の朝、打ち水も清らかな福島家は、福島一族、浄喜寺《じょうきじ》、末次、守田などの六党と呼ばれる家の当主、連歌保持にかかわりの深い家の人たち、市長、区長、神社総代、神職、連歌宗匠たちを迎えます。

定刻十時になると、福島家当主は座をあらため、連歌奉納の旨を参会者に告げ、まず自らが高らかに発句をよみ出します。次の脇句は善徳寺、第三を浄喜寺が、というように、ほぼ今述べた順序で、一座する全員が一句ずつ、合わせて二十二句をよんでいきます。これを「奉納連歌発句定並一巡《ほっくさだめならびにいちじゅん》」と呼びます。

どんどん変化していくのが連歌の特徴で、そこを付け進むのはまったくその場での創作なのですが、最近では出句も多く、座はスムーズに進む傾向にあると言っていいでしょう。一巡がすむと、福島当主は床の間にまつった祇園牛頭天王の神軸に向かい、今日の連歌作品を独得な声調で朗誦奉納します。

ところで、一巡の最後は七・七の短句に当たっていますが、この声が消えかかる瞬間、庭前に控えた鉦数丁がいっせいに鳴り始めます。雅びな連歌からエネルギッシュな鉦の連打へと場面は劇的に展開します。この祇園祭は別名鉦祇園とも呼ばれ、鉦のたたき始めは二十日間にわたる祇園祭の開幕を意味するのですが、それでは鉦に先行する連歌でこの祭りは始まると言った方が正しいでしょう。

ほかの席でも同様ですが、奉納連歌の席では、享祿三（一五三〇）年に門司城主の仁保常陸介隆安（康）が、また慶長十六（一六一一）年に肥後国八代城主の長岡佐渡が、それぞれ本神社に奉納した文台、連歌料紙箱が使用されています。

一巡した連歌は六日後の七月二十一日、本神社拝殿で開かれる連歌座でよみつがれ半百韻連歌として完成します。連衆は福島家の座とまったく同一で、あらためて案内状は出さず、両座は日時と場所が異なるだけで、単一の座だと説明されています。また、この社頭連歌が朔《ついたち》連歌ともいわれるのは、昭和三十五年までは祇園祭の全日程が旧暦によって執行されており、社頭連歌は旧六月一日に行われていたからです。

福島家、拝殿といずれの席においても連衆にもてなす湯茶飲食は昔から定められており、特に拝殿の座においてはすべてが参会者の持ち寄り奉納によるもので、茶、トビウオ、黒豆二粒をにぎり込んだ握り飯など、古来決まった品が、定まった家から奉納され、連歌座は同時に神人饗応の場となります。

次に、もう一つの車上連歌（「浄喜寺連歌」、「山車の連歌」、「笠着連歌」とも）の「発句定並一巡」は、浄土真宗大谷派の雄寺・浄喜寺の庫裡《くり》で開かれます。これは、建長六（一二五四）年説による本神社勧請の主役の一人である村上左馬頭の子孫が仏門に入ったことによるものですが、その後もこの家筋は特に連歌奉納では重要な地歩を占めてまいりました。なお、村上家は明治以後、当地の古名による今居姓を称します。この今居家で七月三十日、発句は浄喜寺当主、脇句を今度は福島当主がよみます。ほかの連衆は福島－社頭連歌の席における右側の半数という決まりになっています。残り半数は後で述べます善徳寺連歌に参加することになるのです。

ここで一巡した連歌を宗匠は八月二日夜、今井西の山車《やま》の上に持ち登り、路上の参拝者から広く付句を募ることになります。ちょうどこの時刻は夜祇園参りの人たちが街頭にあふれている頃で車上の宗匠はこの人に付句を呼びかけます。社頭連歌が特定の人で構成され、かつ出句の順序までが決まっているのに対し、車上連歌はだれでもが参加できる、屋外のあけっぴろげな場で、よみ進まれます。車上連歌を笠着連歌と呼ぶのは、夏陽の遠路をはるばると参ってきた人たちが道中笠を着けたまま参加したからだと、地元民は言っています。だれもがうたを気楽に捧げて、祭りの主役となれるのが車上連歌の世界だと言えましょう。

旧暦時代には、そびえる山車の上に満月がかかり、連歌提灯と呼ばれる古伝の提灯をかかげた宗匠の座に道行く参拝者の目は集まり、夜祭りの雑踏のさ中に連歌の雅会が展開されました。現在もほぼ同様です。ただ、連歌理解の薄れた今日では、笠着連歌の付けは即座に説明しにくく、短歌、俳句の練達者に連歌の付け方はわからず、宗匠の腐心する場面があるようです。

以上が祇園祭における連歌奉納の現状ですが、なにしろ連歌衰退の世であるだけに、往時に比べれば、やはりかなり簡略化されています。

本来、本神社の連歌奉納は三系統の三百韻がよまれていました。社頭連歌は現在では半百韻となっていますが、戦前までは百韻ですし、車上連歌も同然です。残りの百韻は、浄喜寺の兄弟寺である善徳寺（村上姓）で現行七月二十九日に発句定並一巡をし、今井東の山車で完結する、もう一つの車上連歌で行われていたもので、これが現在ではいろんな事情から張行されていません。

半百韻は百韻に、また、中断した場の復興をと、地元では不断の努力がつづけられています。

今井祇園の奉納連歌が生き残った理由

今井祇園社の奉納連歌が全国でただ一つ生き残ったのには、それ相応の理由がありましょう。それには、その奉納形態を考えてみる必要があろうかと私は考えています。

社頭連歌、車上連歌は、それぞれ福島家や浄喜寺、善徳寺を中心とする氏子の人たちが中心になってよまれ、連歌座は氏子の手で運営され、うけつがれてまいりました。まず、連歌の席は福島家、浄喜寺などにおいて催されます。拝殿での座も福島家における発句定並一巡の延長にほかなりません。また、この座の湯茶飲食に至るまでのすべてが、出席する氏子の皆さんの奉納によってなされる点も、氏子主体の奉納であることを示す上で特徴的です。なお、福島家での発句定一順の案内状は福島家から定式通り発行され、宮司もこれに応じて出席します。

また、氏子が奉納の主体であることは、連歌のよみ順によく表れていると言ってよいでしょう。

連歌作品では、発句をよむ人が連衆中の主役です。一般に発句は重要な役割を果たすものですが、特に奉納連歌においては、発句で神徳を称え、祈りをこめる主情が独立してうたいこまれます。発句は奉納連歌の一巻のいわば顔です。

車上連歌の笠着の場を除いて、この奉納連歌ではよみ順は古く一定しており、発句は、社頭連歌では福島家当主が、車上連歌では浄喜寺当主（西の山車）、善徳寺当主（東の山車）がよみます。脇句以下には六党とよぶ歴史的に氏子を代表する家の人々や、市長（大庄屋格で）、区長（庄屋格で）、神社総代などの当代の氏子の代表者と、十八人がつづき、最後から三人目が宮司となっています。

それでは、かつて盛んだったほかの神社の場合はどうでしょうか。本神社のような形もないわけではありませんが、大部分は宮司が発句をまずよみ、以下これに付けるという順序になっています。社寺法楽の連歌が始まった室町時代には必ずしもそうではないようですが、全国の社寺でこれが定例で催される頃となりますと、社寺側が発句をよむ形がぐっと増えます。仮に法楽連歌を、①社寺人が発句をよんで氏子がつづける形、②氏子が発句で社寺人があとの形、

①氏子だけで社寺側が参加していない形、④社寺内の人たちだけの形、に分けてみますと、①の場合が圧倒的に多いとお考え下さい。本神社の連歌は②に属するのですが、発句から十九人もの氏子が先行してやっと神社側が顔を出すという社頭連歌は、②の類型の中でも最も氏子本位のよみ順だと言ってよいでしょう。いろんな角度から見て、今井祇園社の奉納連歌は、氏子の皆さんが奉納する側の主体で、お宮はこれを受ける立場にあると言わざるをえません。

さて、この氏子が奉納の主体であったことが連歌を今日に伝えた大きな力となった、とここで明記しておきたいのです。それはこういうことです。

連歌は明治を迎えて急速に衰退します。連歌をよめる世代が死ぬと、その子はもう連歌には無縁の世代になりました。そこで、社寺では連歌を奉納したくてもよめないという時代を迎えます。社寺は古例を保存する絶好の場なのですが、神社だけで文化を守るのには意外と限界があるようです。神社主体の奉納連歌は、早くも明治で絶え、何とか努力を重ねた神社でも昭和初年で断絶してしまいます。

ところで、氏子が奉納の主体である本神社連歌の場合は、「絶やしてはならない。何とかつづけなければ」という氏子の一念が燃えあがり、比類ない尽力を呼びおこして、連歌廃絶の明治・大正・昭和をこえて奉納連歌の道統を守る原動力となりました。

他所から招く連歌師と呼ばれるほどの権威者がいなくなった明治二十年代後半に、浄喜寺の良春氏が宗匠をつとめます。奉納の主役である浄喜寺が自ら連歌を究めざるをえなくなったのです。

福島家の先々代・源治氏（昭和九年、六十四歳没）は、当時石炭景気に賑わっていた後藤寺に進出して食料品、雑貨を商っていた人ですが、福島当主をつぐ前後から、不利な条件を克服して連歌を学び、大変な努力を積み重ねて連歌の灯を守りつづけました。福島家に残る「連歌略縁起」に、祇園祭は「連歌を以て宗とせり」とある家の教えに生きたのでしょうか。源治氏はまた、後継ぎの任太郎氏に「どんな時代になっても連歌だけはつづけよ」と常々語りこんでいたそうです。文学的資質の有無とは関係なく、福島家は連歌がよめることが当主としての第一条件であったようです。僅かに残った太宰府天満宮の連歌をもとめて、交通不便な時代にもかかわらず、源治氏はその月次会によく出席しています。また、後藤寺と今井の二重生活を乗りこえて福島当主のつとめを立派に果たしました。連歌継承の第一功労者と言えましょう。源治氏の連歌名は房任。

源治氏をつぐ福島任太郎氏（昭和五十一年、七十歳没）は、いよいよ連歌不在の時代だっただけに、その連歌修養は極めて困難だったようです。既に太宰府の奉納連歌は絶えていますが、内部の勉強会はつづいていたらしく、同氏は「太宰府で住吉の禰宜さんが教えていた」稽古連歌に出ていたそうです。連歌の実力は連歌座の体験で決まるものです。豊富な連歌座体験を持つ任太郎氏は、連歌理解の薄い時代だっただけに孤高とも言える姿を保っていました。特に連歌がとどめをさされる戦中・戦後の継承者として貴重です。名のりは房源。

戦後、任太郎氏を支えたのが、片山豊敏氏です。任太郎氏とともに「連歌新則」六条（一八〇ページ参照）を制定して式目簡略化を目指した功績は顕著です。豊かな学識を背景に縦横無尽な付けを指導しました。また、浄喜寺の先々代・良正氏の連歌精進のさまは今日でも語り草となっています。

多くの氏子たちの使命感とも言える献身によって本神社の連歌は現代に受けつがれています。

奉納連歌の特長と継続上の困難

連歌廃絶の現代に、とにかくこのお宮には奉納連歌がうけつがれてまいりましたが、同時代に比較するもののない連歌創作をつづける上にはいろんな難しさがあります。唯一の連歌継承社であるという認識を持つ反面、その内容につきましては「これで連歌としていいのだろうか」という思いを常に抱きつづけてきました。

ここでもう一度、奉納連歌のよさと現代にこれをよむ上での問題点を述べておきたいのです。まず、連歌座は人づきあいの場であるということです。二人以上が顔を合わせて互いに句を出し、次第に連歌一巻を巻いていきます。一人が句を付けると、途端に同座する人たちは、その句自体を、前句との付け具合いを、その句位での可否を、さまざまに解釈・鑑賞します。出句者の一言に全員が集中し、一瞬の緊張と、その後には深い共感がわき、この繰り返しで連歌は進みます。連歌とは、十七音と十四音との表現での人づきあいの連続だと言えましょう。

もっとも、出句だけが発言のすべてではありません。連歌座のあり方としては、過ぎれば困りますが、座の進展につれて、句に関連した四方山話《よもやまばなし》に花が咲く時もありましょう。ただ、座の筋は各自がよみ出した句を中心に進んでいくのです。そこで、「うた」に凝集された言の葉を交わして座を進めることは、ほかの人づきあいでは得られない交感のきずなが深まっていくことにほかなりません。

連歌は変化展開を旨としますので、句での話題は豊富にならざるをえません。また、前句をやんわりと包みこむように付けたり、突きはなして付けたり、付け方にも付句の内容にも人柄や持ち味が十分ににじみ出がちなものです。大体、前句の解釈権みたいなものは付句者にあると考えるのですが、「こうもとれますよ」と意外な受けとめ方を付句でしてみせたり、逆に、いろんな意味にとれることを承知で出した句に、最も普通な解釈を施して「そうですね」と応ずる場合もありましょう。だから、長いつきあいを重ねてきた連衆の仲では誰の付句がおのずから分かってくるものです。

およそ、連歌制作とは、人々が対面して「うた」の世界を展開させながら独特の境地を共有する場の連続であり、座の進展につれて、ほかの人づきあいでは得難い人間理会の席がそこには現出するものであります。

わけても、奉納連歌ではその特長は一段と強調されるべきものでしょう。神みそなわす神前において氏子が互いに心通わすという時の経過そのものが意義を持つと考えます。和歌奉納の特性の上に座のよさが加わって、連歌こそまさに神の嘉みし給うものであるという、この国土に育った確心が連歌を詩歌法楽の主流に押し上げていったのではありますまいか。奉納連歌は神前で氏子たちが和楽の斎庭を形成することにほかなりません。連歌座は明治が捨てた人間理会の場だったのではないでしょうか。疎外のいわれる今日において、もう一度この場を復活させる道をさぐりたいものです。

次に、これはそのままでは連歌のよさにはつながらないと思いますが、連歌は日本だけに育った文芸形態だということです。多数人が参加して一作品を完成させる連歌のような詩形態は他国にその例を見ません。わずかに中国の唐の時代に聯句という形がありましたが、これは早く姿を消したようです。詩歌の連作形式のものは今もあるようですが、これは新しい詩を求めるための試作の段階にすぎず、連歌式目のような統合理念を持った形態ではないようです。

ほかに例がないだけに、外国の日本文学研究者には連歌がきわめて注目されているそうです。行きづまった文学の突破口を目新しい連歌に求めるのかもしれません。ところが、当の日本では連歌そのものが既に死んだ文学となっています。連歌に対する一般の理解もきわめて乏しいと言わなければなりますまい。ある高校の先生が笑って「連歌なんかわかりませんよ。水無瀬三吟が副読本に出たら、朗々と読んで聞かせて『いいですなあ、はい次』と進みますよ」と話してくれました。さすがに、室町期の連歌や江戸俳諧の註釈書はここ数年でもかなり出版されたようですが、これは過去の検討であって、そのままでは現代の連歌実作にはつながりません。

ただ、最近では一部の学者・文人、それに市井の人も含めて連歌形式の面白さを知る機会を得た人の間で、主に連句がよまれているようで、連句ブームと言う人もいますが、まだまだブームなどと言える状況ではないと思います。連歌廃絶の日本社会で再評価の芽吹きが見られると言った方がいいでしょう。しかし、この動きはまことに心強い限りで、孤立していた本神社の連歌にとっても強力な援軍を得た思いです。とにかく、現代の作品がいちばん参考となります。ただ、連句が多く、連歌そのもの、あるいは連歌と連句を止揚した作品がほとんど見られないのは残念なことです。

今日では死んだ文学となった連歌の作品も、それはそれで内外から見て十分に価値を有するものですし、連歌が日本だけの文学だからという連歌愛国心みたいな見方で言うわけではありませんが、ただ連歌を廃絶に追い込んだ明治の評価は、やはり西欧に範のないものは捨てがちな時代の波に乗って行われたのではないか、そしてそのまま今に至っているのではなかろうか、という疑念は去りません。

明治十五年の「朝野《ちょうや》新聞」に、連歌が世人に無視される時代になって里村家が困っている所へ佐渡の旧門人がやって来て同地へ招くことになったという記事があり、その結びは「連歌も撃剣、狂言と同じく再び世に出る時の来たりしならん」となっています。実はこの記者の予想は見事にはずれ、その後に行われる子規の連俳否定でけりがついてしまうのですが。文学の理論はよくわかりませんが、もし連歌座と連歌が再検討に値するものだったら、明治の落穂拾いをすることも意義があろうかと思います。

連歌をよもうとする場合の問題

連歌廃絶の今日、連歌をよもうとすると、次々に解決すべき問題に直面するのですが、この二十年間、現代の連歌座に連なりつつ、いつも考えてきた問題点を私の体験の範囲内で述べておきましょう。

いちばんの課題は用語の問題です。即ち連歌と俳諧との関係と言っていいでしょう。俳諧(誹諧)とは滑稽とか諧謔とかいう意味の中国伝来の言葉で、『古今和歌集』の「俳諧歌」という部立はその意味で使われているようですが、そういうくだけた表現による連歌が「俳諧之連歌」で、後に「俳諧」とだけ呼ばれる時代となりますと、俳諧は連歌とはまったく別個の文学と見られるようになってしまいます。ところが百韻とか五十韻とかの形式はまったく同じですし、去嫌や指合といった付句法則もほぼ同じですから、両者の区別はもっぱら句の内容だけにあると言えます。端的には用語の差、またその用語を生み出す作歌思想の差だと言えましょう。本来、連歌には漢語や俗語を用いません。逆に、そういった語を俳言といって、毎句にその俳言をよみこむことによって俳諧とし、連歌とは区別されていました。連歌と俳諧の連句とは形態に変わりがないのでただ俳言の有無によって区別したのです。

さて、そうしますと、連歌とは、いわゆる歌語のみにたよる表現だということになります。

本来、連歌は中世に整えられた和歌の伝統に基づいてよまれるべきものでしょう。身近には、明治までの神主はその和歌の伝統を負う詠歌修養を常日頃から真剣につんでいます。私の家を例にとって恐れ入りますが、曾祖父（大正十一年没）は毎月二回、美夜古《みやこ》歌会と称する和歌の会を催し、女性を含む会員とともに新古今調の歌の研鑽に死ぬまで励んでいます。次の祖父（昭和六年没）になりますと、歌会は既に絶え、和歌はいくらか詠んでいるようですが、曾祖父のような打ち込みぶりはもう見られません。そして父となりますと、歌を自ら詠むという機会はほとんどなかったようです。神主養成の大学ができ、祭式とか、神主としての概説的な理論とかはよく身につけていたようですし、神奉仕に歌の占めてきた重要さもよくわかっていたようですが、さて、自分で詠むということになると、もうそういう時代ではなかったようです。私となりますと、中世歌の修養とは明確な断絶を残念ながら自覚しています。

田舎における一社家の歌に向かっての対応の変遷は、案外広くこの社会での歌の受容史を物語っているのではないかと思います。

王朝の昔はさておき、明治までの日本では、歌が詠めることが教養人としての第一要件でした。ところが、明治以後は事情が大きく変わりました。明治以後の公教育は作歌を主流からはずしてしまいます。戦後においては特にそうです。他国の公教育の場では行われていない技芸に関する科目まで取り込んでおり、物を創作する教育はやっていても、ことばを生む教科はありません。国語科においては、卓越した先人の名作を解釈し鑑賞する技術は十分に教え込むようですが、それを血肉として、新しい表現を生む段階にまでは進みません。

歌に乏しい現代に、特に曾祖父までの和歌が連歌の「うた」ではなかろうかと、これを欠きがちな私どもの非力さを思うとともに、かつ一方では、連歌とはこのような歌のみでしか成立しえない性質のものであろうかと再び頭をもたげてみます。

このことからも当然、『古今』、『新古今』あたりに範をとる、定型化された連歌の基準が問題になってまいります。連歌という以上は句材も表現も中世に戻らなければならないという考え方があるようですが、はたしてそうでしょうか。寄合とか、本歌、本説というようなものは中世の美意識で完結されているものだと思うのですが、その後の美の典型といったものを考える余地はないのだろうかと思います。古い時代に基準を固有してしまって、その枠をこえるものはすべて連歌ではないといわなければならないのでしょうか。

用語の問題でいつも連歌と並行して考えるのは祝詞のことです。祝詞は私ども神主が、それぞれに心の丈をつくしてよみ出し、神前に捧げるものですが、本来は大和言葉によるという原則があります。ところが、現代の神主が現代の祝詞を大和言葉だけでよもうとするとどうしてもいびつなものになります。極端な例でしょうが、空港拡張工事の始業祭で、ある神主が、飛行機のことを「空とぶからくり」と祝詞によみこんで皆を苦笑させたと、参列者の一人から聞きました。「空とぶからくり」の語感は荘重な祝詞文の調子に合わないようです。ただ、原子力、公害のように古語では表現し難い現代語がたくさんあります。たとえ表現できても、ひどく長たらしく、間のびしてしまいます。延喜式祝詞などの雄渾達意なすばらしさがわかるだけに、それは古語が生きていた時代にそのことばと思想によっているから可能だったのではないかと思います。そこで、現代語を駆使して新しい生命のある祝詞をよむ方が言霊の本義にかなうと思うのですが、実際にはなかなかできません。同じような課題が連歌にもありそうです。

戦中・戦後に、本神社では「連歌新則」を制定し、用語の問題について「作句ハナルベク大和言葉ニヨルベキモ新熟語等慣用ノモノハ之ヲ認ム　只高尚平易ヲ旨トスベキコト」とし、現在では、表十句と挙句近くの数句を除いては、かなり大幅に漢語、俗語、それに仮名文字まで使っています。

式目のこと

現代人の連歌に対する平均的な認識は「連歌は古い」という一語に尽きるようです。ところで、何が古いかというと、歌内容の古さもですが、それよりも、種々の制約を併う連歌の形態そのものが古いという漠然とした認識が一般にあります。「連歌にはめんどうな規則がいろいろとあるでしょう」という声がよく聞かれ、その「めんどうな規則」が、連歌をがんじがらめにしばり上げて連歌をだめにしたのだという憶測も一部にあります。

この「めんどうな規則」を、式目一般の問題として、「現代の連歌」をよむ立場から取り上げてみます。もっとも、歌内容と式目の問題は微妙にからみ合う性質のものでしょうが。

さて、「式目から入ると連歌はよめない」ということばがここにあります。

連歌をよむ上で守るべき禁制や故実を式目と呼ぶのですが、同じような句の続出や反復をチェックする去嫌を中心とする禁制的なルールが、きわめて煩瑣にわたって定められております。初心者にとって、式目書はことばを封ずる目的で編まれているかのようにさえ見えるほどです。ところで、本来、式目書は実際に連歌をよむ上での手引書ですから、まず式目をマスターすれば、連歌を独習できそうですが、実際はこの逆で、付句上の制約を知ったばっかりに、あれも悪い、この言葉も使えないという禁制にしばられて句が出せなくなってしまうものです。連歌座にまず連なって実作の体験をつみ、宗匠の適切な指導を得て少しずつ式目を身につけていくことでしょう。連歌は座の習練によって上達するもので、式目から始めるものではありません。

とはいうものの、式目を無視しては連歌には決してなりません。連歌を特徴づけるのはやはり去嫌を中心とする式目です。特に、連歌がまったくわからなくなった現代では、安易に式目を否定することは連歌そのものの否定につながってしまいます。連歌理解の行きわたった時代に、連歌熟達者によって式目の否定に進むことがもしあるとすれば、これは耳を貸すに足る見解が期待できるかもしれませんが、連歌を知らない人の式目否定論や、連歌を少々やった後で、式目の重圧に耐えかねて、「去嫌などは無視して連歌はよまねば現代に通用しない」といったふうな短絡した結論は何の意味も持ちません。

連歌が精彩を放っていた時代には、やはりその時代の連歌をよむ要請に応えて去嫌式目は改訂されていました。『応安新式』と『無言抄』を比べた場合、私どもも素人にも、そこらへんの事情はおぼろげながらわかります。また、連歌が固定期に入って既に久しい幕末の手引書の言わんとするところも何となくわかります。その後は連歌自体がこの社会から消えていくのですから、式目を考えることもなかったのですが、今日、連歌をよもうとすると、江戸までのものだけでは不十分なようです。

現代の式目を考える必要性と方向づけは二つあると思います。一つは、どうしても簡略化の課題をのがせません。もう一つは、現代の歌材をどのように取り入れるかです。ともに江戸俳諧の歴史は参考になりそうです。

本神社の連歌においても、ここだけに奉納連歌が孤立した昭和十年代には式目簡略化の必要が特に強調されました。連歌が日本の社会からいよいよ消え去った中で、何とかこの地で奉納連歌をつづけるためには、式目をできるだけ簡単にする必要がありました。きわめてネガティブな連歌事情の中での要請によるものであったことは確かですが、式目の簡略化自体は連歌史の課題でもありましょう。

戦中、当神社の宮司でした片山豊敏氏と、連歌奉納の家である福島任太郎氏とが、戦中・戦後の数年をかけて検討しつづけ、途中、片山氏が上京して福井久蔵博士の参加を得て、戦後制定したのが次の「連歌新則」です。

連歌新則

在来ノ式目厳密ヲ極メ初学者ノ作句困難ナルヲ以テ便宜其ノ掟ヲ緩和シ左ノ通リ之ヲ定ム
一、賦物ハ発句ニツイテ之ヲ採ル　主題ニアラズト雖モ可ナリ
二、景物ハ大凡　月八句　花五句　雪三句トシ　多少ノ増減ヲ認ム
三、類似語　同質語等　打越ハ之ヲ嫌フ
四、景物　季共五句去リ三句続クルコト、シ多少ノ増減ヲ認ム
五、作句ハナルベク大和言葉ニヨルベキモ新熟語等慣用ノモノハ之ヲ認ム　只高尚平易ヲ旨トスベキコト
六、発句かな留　第二文字留　第三て留等在来ノ式目習慣ヲ参考トスベキコト

制定当時はガリ版で刷り、奉納連歌の連衆に配り、以後は積極的にこの線で行くようにつとめたそうです。

従来の厖大な式目書に比較してこれはいかにも簡単で、去嫌に関する項は、二、三、四の三条のみです。もっとも、これとは別にこの席で長く語りつがれていた付句基準は活用されてい

ました。それにしても三、四だけで連歌を巻くのは無理で、連歌そのものを変えるか、よほど秀れた宗匠の指導を加えるかしないとこれだけでは実効性がありません。私がこの奉納連歌に列席し始めたのは制定後約十年を経た昭和三十四年度からですが、当時はもうこの「連歌新則」は参考程度に、ということになっていました。なお、月花の規定に関してですが、実際にはずっと四花七月でよんできています。

歌材の分類

連歌の席では歌材をいろいろ分類します。降物《ふりもの》（雨、霜など）、聳物《そびきもの》（霞、雲など）、光物《ひかりもの》（日、星など）、夜分（曙、蛍など）、居所（軒、庭など）、山類《さんるい》（峯、滝など）、水辺《すいへん》（湖、波など）、神祇《じんぎ》（瑞垣、榊など）、釈教（古寺、法など）、恋（物思ひ、移り香など）、無常（奥津城、つひに行く道など）、旅（宿、泊り船など）、述懐《しゅつかい》（昔、老など）、人倫（友垣、誰など）、植物《うえもの》、動物《うごきもの》、名所《などころ》……といったふうに。

なお、居所、山類、水辺の三つについては、さらに体《たい》、用《ゆう》に区分されるのですが、これは最近の本神社連歌ではほとんど考慮されていません。

連歌を始めた頃に面食うのは、聳物とか水辺とかいった耳慣れない呼称でしょう。かなり時代がかった連歌独特の分類名があるようですが、これは慣れる以外に方法はありません。ただ、これだけの分類立てでは、都市生活や、政治・経済を含む現代生活をよみこむ上には不十分なようです。連歌というものは本来、生の人間をあらわによむ性質のものではないかもしれませんけれども、現代の連歌を考える場合は花鳥風月だけに連歌を閉じこめるのは物足りない思いが残ります。歌材を増やすことになると、必然的に分類立てを考えねばならないことになりましょう。現に、私どもの連歌座では、冷々とした山里の句がつづけば、エネルギッシュな大都市に場をとる句をぶっつけて変化を求める試みをよくしています。かつてはない、いかにも現代らしい歌材を無原則に「連歌」の中に取り入れることは許されないでしょう。

現代生活をよみ入れようとすれば、連歌一巻の調和をとるためにも、それ相当の位置づけが必要です。

歌材の分類は随分厄介ですが、これは勿論必要があってすることです。発生期は別として、いわゆる連歌には、はっきりした付け方の原理があります。連歌の理念と言った方がいいかも知れません。

連歌では、百韻の場合は百句、歌仙においては三十六句の長句（五・七・五）・短句（七・七）が交互に並ぶだけですから、形式的にまことに固定的です。また、連歌一巻を流れるテーマといったようなものもありません。本神社で催される祇園大祭の奉納連歌が神社奉納の連歌であるからといって、何句もお宮や祭りをよんだ句がつづくわけではありません。

連歌は一座の人たちが坐ったままで、あらゆる歌材を駆使して、得られる限りの詩境に遊ぼうとするものです。ここの奉納連歌座でも、「いながらにして、神祇、釈教、恋、無常に遊ぶのが連歌だ」という話をよく耳にします。

そこで、同じ種類の歌材がつづいて出たり、終わったかと思うとたちまちに前に戻ったりすることを防ぐ努力がどうしても不可欠となってきます。去嫌と呼ばれる作句ルールがこれです。一歩進んだら、次の一歩でまた新しい道に進もうという、いわばナウな理念です。「歩々前進して、決して、同じ趣にかえることなく、まことに千状万態窮極する所なき状を呈するものは、これ即ち連歌一巻の上にあらはるる姿なり」（山田孝雄）とか「歌仙は三十六歩也。一歩もあとに帰る心なし。行くにしたがひ心の改まるは、ただ先へ行く心なればなり」（芭蕉）は見事にここらあたりを言い尽しています。

付句のルールは「付けの世界」が一カ所にとどまらない、堂々めぐりしない、いや、どんどんと新しい場、新しい心象に進展していこうという、きわめて魅力的な原理によるものです。

連歌を連歌たらしめるのは、去嫌法則によってもたらされる展開とか、変化とかを求める付けの原理です。したがって、去嫌を無視した連歌はもう連歌とは言えますまい。去嫌は連歌の本質だとも言えましょう。この去嫌の基礎となるのがあの厄介きわまる歌材の分類なのです。

ただ、本神社が戦後制定した「連歌新則」では、これに関連しては「三、類似語　同質語等打越ハ之ヲ嫌フ／四、景物　季共五句去リ三句続クルコト、シ多少ノ増減ヲ認ム」とだけなっています。めんどうな分類はさけて、同一の分類に属しそうなものは「同質語　類質語」で判断せよということで、判断の下敷きは提示しません。そして、最も簡単な一句去り・打越句だけに障らないようにということです。

式目簡略化の方向づけとしてはこれで正しいと思うのですが、これだけでは、実際に連歌をよむ上で十分ではないようです。

去嫌による展開の理念は初心者に最も理解されにくいところです。出句をチェックされると、詩歌は自我の自由な表白の場だという金科玉条を負う現代人には、精神の聖域を逆なでされた思いがどうしてもするようです。ところが、実際には前に既に出ている歌材や句境に関連した句をよんでしまいます。思えば、私たちの思念はとかく目前掲示の事象に引きずられがちなもの。去嫌をたてに、あれは使えない、これも駄目と言われると、それ以外には歌材はないように思い違いをしてしまいますが、「使えない」という指摘は、実は無尽に存在する歌材のごく一部を顕揚提示してみせているに過ぎません。現代人はいかにもとらわれずに考え、かつ表現できているように思っていますが、本当は先行する他人の言葉に強く制限されていることが連歌をやってみてよくわかります。

自らが課した言葉の桎梏を解いて自由な表現を得ようとする習練の場が連歌座だと言えそうです。

実作での留意点

この地に残っている連歌関連の表現を、二つの少し異なる場に分けて紹介しておきたいのです。

一つは本神社の奉納連歌座で実際に言われつづけてきたことで、実作の基礎として長く作用した表現ですし、ほかは、連歌に長い年月なじんできたこの地方で、だれがいつの時代に言い始めたかわからなくなって共通の表現となっている、付句風の「土のことば」です。

まず、奉納連歌の席で、昭和三十四年に出席しはじめた私自身が最初はこっぴどく言われ、何年かたってやっと「なるほど」と納得していったように、今井連歌の付句基準とでもいったようなものになっているところから。これは片山豊敏氏（昭和四十八年没）、福島任太郎氏（昭和五十一年没）によるもので、それまで両氏によって伝えられていたと言えるでしょう。

道具だてが多過ぎる

一句の中にあれこれと句材を盛り込むのを「道具だてが多過ぎる」と言います。僅か十七音か十四音の中に各種の句材を入れると句自体がいかにも窮屈になってしまうのですが、私は短歌も俳句もやったことがなく、気持ちだけはつっぱっていましたので、初めはしばしばこれにやられていました。

連歌は互いにすらすらと句を出し合って進めるべきもので、皆が力み過ぎては連歌にはならないでしょう。ただ、最初は福島氏の付ける「かけひの水もぬるむ此頃」とか「いづこともなく鶯の声」が連歌作品に占める意味がわかりませんでした。

遺句のすすめとは違うし、俳句の季重ねの問題とも異なります。

一句たつ

短句も長句も、その詩情において、また内容において、一応完結していることが必要です。前句と結び合わせて初めて意味をなすがその句だけでは独り立ちできない句は、たちまちに「一句たってない」とやられたものです。和歌の上句と下句との関係とはいささか異なるのがこの点でしょう。よく連歌の付けを和歌の上句に下句を付けるようなものだと説明されますが、「一句たつ」要請がこのたとえには欠けています。ただ、連歌は前句を受けて次に受け渡すものですから、まったく一句が孤立してしまう「一句たつ」はどうでしょうか。本神社の連歌座でも、そこらあたりは「ほどほどに」という声を具体的な付句に当たって聞いたことがあります。

「一句たつ」に直接関係したことではありませんが、特に恋句の場合、その句自体が恋でなければ恋の句とはしません。前の恋句とつないで初めて恋となる句は、恋句とはここでは認めなかったようです。

めでたくて春季《はるき》をおびて漢字留め

挙句の条件です。

初めて連歌座に連なったご婦人が、この説明を付句とまちがえて書き留めているのを見たことがあります。なるほどこれは五・七・五の長句となっています。

挙句が春季ですから、その前の何句かは当然春となります。

ただ、実作上は、めでたい春の句材を拾っておけば、ほぼ挙句はできたようなもの。事前におよその準備が可能なただ一つの句だとなりがちです。それに、漢字留めですからまとまりがよすぎて、「余韻を残す」場合は少ないようです。本神社で、福島家の座のように鉦下ろしという次の段階に移行するような場面では、ぴしゃりと決めた方がいいようですが。

べた付け

前句にべったりと付き過ぎた句を出すと、すぐこの言葉がとんできます。よく付いているだけになぜ悪いか、と初心者は思いますが。

次に、今井周辺のだれかが言い始めて皆に語りつがれ親しまれているところを。

あず草食うて　じる糞たるる

夜祇園の車上連歌では、昔も今も車上から付句を募る宗匠の声に応じて路上のだれでも連歌に参加できるのですが、これはある年のハプニング。

次々に付句が進むうち、地元の「今井うじ」をよみ込んだ前句に、他町から通りかかった参拝者がこの句を付けたとされています。「あず草」は雨のとばしりで土のついた草で、これを牛が食うと下痢をします。この句自体は牛の不養生なのですが、前句の「今井うじ」とつながると困ったことになります。今井の人たちが気色ばんでいるところにもう一つ、「祇園あがりにゃ、やり倒す」と追い打ちをかけたそうです。まさに笠着の場です。

蚊がくいついて　立っておられず

車上連歌はまことに雅びな行事なのですが、ちょうどこの季節、この時刻は蚊のいちばん多い時です。出句が途絶えて宗匠の「次の句をどうぞ」とうながす声に、むらがる蚊をおいはらいながら立っていた地元の世話役あたりから、「エーイ、蚊がくいついて立っておられず」と。なるほどこれは七・七の短句になっています。今日でも車上連歌の場で耳にします。

あけもんや　あけもんや　ザッコ一升

旦那衆が連歌座で苦吟しているところに、ひと漁終わって浜から上がってきた漁師が、

「そんなもんワッキャネェ」

といってこの句をすらすらよんだという話。

「あけもん」は「あけもん、イチ、ニンバ引くか」というように夜明けの漁師語。それに近くのアケドという海浜をかけたとされています。意味は、ザッコ引きというつらい海仕事も今朝は一升の収穫に終わった、といったところでしょうか。

これは沓尾《くつお》という漁師町にお住まいの故守田千穐氏が奉納連歌座で繰り返し語りつづけた話です。

〔追記〕

以上は、昭和五十六年四月から同十一月号までの「ぎおんさん」に掲載したものであり、同年十一月二十二日開催の奉納連歌シンポジウムに先立って、本神社の奉納連歌の現状、歴史、当時の問題点、さらにはシンポジウムへの提言などを企図して発表したものである。随分雑多な内容にわたっているが、当時日本の連歌事情や今井連歌が背負い込んだ課題についていささか述べていると考え、ここに再録することにした。（平成十五年六月二十三日　高辻）

付録

平成の連歌

昭和63年－平成15年

毎年７月15日に今井・福島家で行われる「発句定メ並ニ一巡」

今井連歌にとっても式目の簡略化は緊急の課題となったようだ。幕末・明治・大正期、すなわち百韻の時代にはおおむね阪昌功《ばんしょうこう》の『莵玖婆廼山口《つくばのやまぐち》』（天保四年頃）によっていたが、戦後半百韻となる頃には左記の「連歌新則」に『莵玖婆廼山口』を参考にしながら連歌座を進めた。その後、昭和五十六年の奉納連歌シンポジウムを経て「今井百韻次第」を制定し、現在ではほぼこれによっている。宗匠・執筆役の腕が問われる度合が増した。

連歌新則

在来ノ式目厳密ヲ極メ初学ノ者作句困難ナルヲ以テ便宜其ノ掟ヲ緩和シ左ノ通リ之ヲ定ム

一、賦物ハ発句ニツイテ之ヲ採ル　主題ニアラズト雖モ可ナリ

二、景物ハ大凡　月八句　花五句　雪三句トシ　多少ノ増減ヲ認ム

三、類似語　同質語等　打越ハ之ヲ嫌フ

四、景物　季共五句去リ三句続クルコト、シ多少ノ増減ヲ認ム

五、作句ハナルベク大和言葉ニヨルベキモ新熟語等慣用ノモノハ之ヲ認ム　只高尚平易ヲ旨トスベキコト

六、発句かな留　第二文字留　第三て留等在来ノ式目習慣ヲ参考トスベキコト

＊連歌新則＝昭和二十五年頃、本神社元宮司であり当時の連衆の一人片山豊敏氏と、福島家当主の福島任太郎氏とが式目簡略化を目指して素案を作り、片山氏が上京して連歌学者・福井久蔵博士に検討してもらって制定した、本神社連歌のいわば「昭和新式」である。

今井百韻次第

一、発句は一座の主情を成し、終始最要の意義を存す。而してその風体は古来の技法理念を勘案する。発句を定めた後に賦物を凡そは『賦物篇』によってとるものとする。

二、用語は歌語をもって本則とする。但し、初折裏三より名残折表の間においては俳言を認める。俳言に外来語を含む。なほ俳言は面を嫌ひ、三句までとする。

三、面十句には神祇・釈教・恋・無常を嫌ふ。

四、同類語・等質語は五句を隔てる。同季、恋は七句去りとする。

五、四花七月四雪とし、他の景物は適宜これをとる。世吉においては二花三月二雪とす。ことにきはだつ物、逆になくてもいいやうな物は一句物とする。春季、秋季は三句より五句まで、夏季、冬季は一句より三句まで。

六、挙句は「めでたくて春季を帯びて漢字止め」の句柄とする。

七、付句は明瞭な音声をもってなす。長句はまづ上五を出し、これを執筆が口頭で受けた後に再び全句を出す。短句はまづ上七を、次に再び全句を披露する。

八、季のとりやうは季の詞と現代季語とをともに用ひる。両者が齟齬する場合は現代季語によるものとする。但し、あまりに広範な現代季語はこれをとらない。

＊今井百韻次第＝昭和五十六年、本神社で開催された奉納連歌シンポジウム当時に本神社で作成され、シンポジウム後に連歌学者・浜千代清氏、島津忠夫氏による入念な筆が加えられた。実際に本神社連歌で百韻、世吉連歌が詠まれた体験に即して制定されたもの。いわゆる式目の枠を超えた内容を含む。

須佐神社
奉納之連歌

昭和六十三年七月二十一日
十五日　福島家、廿一日　拝殿

賦《ふす》何《なに》田《た》

一　青かびを払へば神の御座《みまし》かな　房臣
二　しるや科戸のしるき涼風　良弘
三　並びたつ檜原の奥は滝ならん　良静
四　石走る水薫りたつなり　直方
五　鶉なく大野つづけり果もなく　市長
六　片山際に里暮れやすし　靖夫
七　草枕今宵の月はかそけくて　直治
八　道草花は露にしづもる　忠之助

初折・裏

一　駆け去りし駒の足音のみ残り　源太郎
二　天地は今冷え氷るらし　三七男
三　埋火にかざし読むなり郷《さと》便り　房信
四　思ひたけれど返し文せず　長治
五　しりそめて夢に恨むる夜を重ね　貢
六　はるかに聞ゆ根津の海鳴　嘉平
七　いきいきと青田に株のひろがりて　正冨
八　下校の児らのはしゃぎたつ顔　彦七
九　霧深き水没の村訪ねけり　区長
十　たぎつ瀬ごとに月は輝く　和之
十一　萩たれし岩場に独り佇みて　豊孝
十二　外つ国の酒まづみ仏に　宮司
十三　おほらかに豊かにゆるる花乳房　宗匠
十四　乙女のをどる麗かな丘　執筆

名残折・表

一　ゐがくごとあらまほしきの霞かけ
二　囀りかはすとりどりの声
三　聞き分けよ猫もものいふ世に住みて
四　人目なければ悪五月蠅なす
五　山高く谷あくまでも深かりき
六　補陀落の海に雪は消えつつ
七　ここだくの民は戦に潰えたり
八　月に誓し君帰りこず
九　契りおきし言の葉はかな露の道
十　風ひややかに吹き渡るのみ
十一　こほろぎの鳴きたつままに秋深し
十二　食物足りて人太るなり
十三　農まもる身に給はりし赤きシャツ
十四　ゲートボールにいでたゝんとす

名残折・裏

一　時なしの二畝ほどを蒔きをへて
二　家の辺りははやくれそめり
三　風寒く山際の里雪ならん
四　まづ桴音ぞしじまを破る
五　東風の波貴船の森に寄せ返し
六　麦のはたけにひばりとびたつ
七　やはらかな花の陽ざしやけふもまた
八　かげろふゆらぐ石の段《きざはし》

須佐神社
奉納之連歌

平成元年七月二十一日
十五日　福島家、廿一日　拝殿

賦《ふす》御《おん》何《なに》

一　つゆ明けの空いさぎよし祭り鉦　房臣
二　青田ひときは色いづるころ　良弘
三　海近く白き鳥群数まして　良静
四　古きを保つ街を成したり　直方
五　そよそよろ楢の葉かげに秋の風　市長
六　薄く濃くひく霧はみだれず　靖夫
七　むら雲をはなるゝ月の明々と　直治
八　野に鈴虫の鳴きそめにけり　忠之助

初折・裏

一　祓川清き流れに棹さして　源太郎
二　わが祖たちもかくやありけん　三七男
三　土を見ぬ坂の舗道《しきみち》げに暑し　房信
四　いづこも天をおほふ館ぞ　長治
五　地ゆるぎのなき遠国は西のはて　貢
六　思ひははるか霞たなびく　嘉平治
七　もののふも愛でし花なり今年また　正冨
八　のどかに遊ぶ牛のひとむら　彦七
九　試みにこしひかりだね集ひまく　区長
十　悪しき税《ちから》ぞ大臣《おとど》をにくむ　和之
十一　山里は日をおふ毎に暮れやすし　豊孝
十二　月てり渡れうまし美夜古路　宮司
十三　露おける水辺に鷺の佇みて　宗匠
十四　はえのおくれを漁り食ふらん　執筆

名残折・表

一　ふりおろす岩に槌音高々と
二　結ぶゐ垣を雪の清むる
三　冴ゆる朝み仏の道伝はれり
四　古事しるす跡の数々
五　待つほどに季をたがへぬ郭公
六　涙な添へそ憂き別れゆゑ
七　たちえざる恋をそなたをたちきらん
八　木々の若芽の香にむせびつゝ
九　峡の道たをやかに蝶まひいでて
十　うづき廿日の寿詞をまをす
十一　天草の海麗かに凪ぎわたり
十二　八潮路こえし破れ船の友
十三　稔り田を分けあふ心忘るなよ
十四　なほおしなべて照らす月読

名残折・裏

一　ありとある色の宿こそ紅葉なれ
二　登りゆく坂鹿も子づれで
三　巡り来しみちのおくなり友をよび
四　ひさごの酒をのみほさんとす
五　麦畑かげろふたちて陽は高し
六　はや鶯のなきそめにけり
七　かにかくに求めし花の吉野山
八　いや平らかに地成れる春

須佐神社
奉納之連歌

平成二年七月二十一日
十五日　福島家、廿一日　拝殿

賦《ふす》何《なに》田《た》

一　いや生ひの繁りぞ神の仮神座《かりみくら》　房臣
二　海原遠く寄する涼風　良弘
三　白鷺の森をい巡る街成りて　良静
四　畔もにはかに今めきにけり　直方
五　おのづから変らぬ色に露むすび　市長
六　やゝひややかに峡のひとつ家　靖夫
七　月を迎ふ所はほかにあらざらん　直治
八　花野ほのかに薫りたつころ　忠之助

初折・裏
一　出立《いでた》ちの備へ全けくなし了へり　源太郎
二　交す盃とどめあへずに　三七男
三　酔へば世の真を知るとことだてて　房信
四　あけぼの近く木枯しの音　長治
五　どこまでも初雪の道つづきをり　貢
六　はるかな思ひまだ絶ちきれず　嘉平治
七　しひられし別れの痛み今になほ　正冨
八　もみぢかをれる山里の宿　彦七
九　そよ風に誘はれちちろなきそむる　区長
十　月の傾き日占とぞ観る　和之
十一　お社の雁木高々登り来ぬ　豊孝
十二　美夜古大野に霞たなびく　宮司
十三　遠近の諸人集ふ花日和　宗匠
十四　顔ばせ映えていともうららか　執筆

名残折・表

一　孕みたる鹿ゆるやかに草をはみ
二　陽射しはすでに夏となりける
三　いづ方へ苗売りの声消えにけん
四　空に聳ゆる高き町並
五　ものみなは冷えこほるらし深々と
六　紀の川の水流れてやまず
七　九重の喜び国に満ちあふれ
八　遠き神代に植ゑし杉群
九　たつもまた霽るゝも速き霧所
十　門あけはなち酒あたためん
十一　望月にほのかに浮ぶあで姿
十二　傘さしそへる男女行きがたし
十三　今日も亦人の定めも知らぬまゝ
十四　籤にさからひ過すひととき

名残折・裏

一　幼子と神のみ前に来しものの
二　打上げ花火時を占めたり
三　米余る世に苗を挿すひたすらに
四　大和の国は瑞穂の国ぞ
五　雪代のたゆたふ流れ里に入り
六　ふれつ離れず蝶の舞ひくる
七　風さそふ宴の庭は花ざかり
八　竹の園生もうるはしき春

須佐神社
奉納之連歌

平成三年七月二十一日
十五日　福島家、廿一日　拝殿

賦《ふす》片《かた》何《なに》

一　つゆはげの雨おだひなれ祇《かみ》の園《その》　房臣
二　かざす扇のさししめす方　良弘
三　新しき街山際にひろがりて　良静
四　花野ひとむらなほさやかなり　直方
五　いづこともなく色鳥の声聞え　市長
六　香りも高く寄する初潮　靖夫
七　聳えたつ断崖《きりぎし》に月出でんとす　直治
八　幾代経にしか古りにし庵　忠之助

初折・裏

一　ひた走る窓八千枚《ひら》の絵を刻み　源太郎
二　真鉄大橋雪降りしきる　三七男
三　凍てこほる檜原はいまだ若くして　房信
四　吾子暁に竹刀ふりしか　長治
五　国体に集ひし昨年のなつかしく　貢
六　忘れがたきは君のまなざし　嘉平治
七　ことかたに磯辺の朝鵙なける　正冨
八　豊かな風に稲穂ふれあふ　彦七
九　色はゆるもみぢの峡の暮れなづみ　区長
十　夕月かかる山の端の道　和之
十一　童舞ふ神楽ばやしの聞えきて　豊孝
十二　寿司もなますもととのひにけり　宮司
十三　今盛り今井の宴花盛り　宗匠
十四　末さかえなむうららかな里　執筆

名残折・表

一　おほどかに白鳥高く舞ひやまず
二　洗ひ鹿子をさらす涼しさ
三　雷の音無く光るひるさがり
四　あひみて後の思ひくるしき
五　かねてより胸の埋火秘めかねて
六　行く水冴ゆる野につぶやきぬ
七　ありがたきみ仏のみ名浮びいで
八　草木もなびく心地こそすれ
九　高層のおほふ石路霧清ら
十　げにさはやかに風通ふらん
十一　をりあひをつけんとする夜月満ちて
十二　遠外つ国に戦おこれり
十三　地に伏しはげしく祈る法の民
十四　潮騒すぎてしじまきたれり

名残折・裏

一　旅衣苔むす苫にとどまりて
二　雪をつれだす遠方の雲
三　夜更けて地酒の味もたぐひなく
四　うらかなしきは時のたつなり
五　丘の辺にのどかに遊ぶ牛の群
六　さて鶯の初音聞かばや
七　み社の花咲きほこる道しづか
八　京都大野にめぐり来る春

須佐神社

奉納之連歌

平成四年七月二十一日

十五日　福島家、廿一日　拝殿

賦三字中略《ふすさんじちゆうりやく》

一　つくば嶺《ね》に八雲湧きたつ祭かな　房臣

二　涸れぬ泉をひく庭の青　良弘

三　地《つち》を穿つ道たひらかに駆り来て　良静

四　吹き入る風は秋の香にみち　直方

五　静かなり月中空に明々と　市長

六　端山をいづる雁のひとつら　靖夫

七　新しき酒やうやうに成りにけん　直治

八　とほき故郷訪ふすべもなく　忠之助

初折・裏

一　北の崖なべて凍土《いてつち》雪ささら　源太郎

二　杉の一本《ひともと》そびえ立つなり　三七男

三　はげしくもとどのふ音の響きあひ　房信

四　汝《なれ》に思ひの胸の高鳴り　長治

五　暑苦しかの兼言を忘れかね　徳臣

六　頼みはかなき街の恋占　嘉平治

七　明くる辻魚競る人のさまざまに　正富

八　はや白萩の目にもあざやか　高文

九　神さびし森さはやかにうちつづき　長平

十　酒くみかはすいざよひの月　区長

十一　台風にやぶれし古家たちなほり　和之

十二　広野はるけくかげろふのたつ　豊孝

十三　陽のしまを地にはもらさず花万朶　宮司

十四　むつみあひつゝ蝶の舞ひくる　宗匠

名残折・表

一　ひさかたにたづねし井手の水温み　執筆
二　潮せきたつる工たしかに
三　かけひきの難き戦の跡にして
四　天地《あめつち》はみなひえこほるらし
五　めづらしき炭焼く村にたどりつき
六　野山の幸とみ仏のみ名
七　身をすてゝ命のかぎり仕へけん
八　明治の大人《うし》の功はしるく
九　かぐはしき魂をとゞめよほとゝぎす
十　越《こし》の長路風薫りつゝ
十一　とげえざる仲と知りたる宿の窓
十二　あまる思ひは露と消ええず
十三　雲三すぢ後の六日の月海に
十四　いづこともなく鈴虫の声

名残折・裏

一　このあたりもなくことなく過ぎゆかん
二　底冷えのなか神楽舞ひをり
三　降りしきる雪音もなく庭につみ
四　みやこ大野を遠くながむる
五　田起こしの足辺に鷺のまつはりて
六　里はおぼろに夕またよし
七　勤め来て花見の踊りたのしかり
八　ともに築かん平らなる春

須佐神社
奉納之連歌

平成五年七月二十一日
十五日　福島家、廿一日　拝殿

賦《ふす》何衣《なにころも》

一　暑からぬ潮ぞ神依る祓川　房臣
二　いつきいただくいつの白南風《しらはえ》　良弘
三　名も高くかくれなきほとときすきて　良静
四　片をかのへに土の香しるく　直方
五　待つ月はたゞものならず出るらん　市長
六　はたと音やみ街角ひゆる　靖夫
七　覆ひつくす蔦の垣ほのげにあらた　直治
八　ひとすぢ道のはじめなるらし　忠之助

初折・裏

一　ふる雪の白き綱もて艫を結ふ　源太郎
二　冴えわたりたるけさの朝影　三七男
三　おもてには出せぬ思ひに苛まれ　房信
四　はかなわが恋戦にうせき　長治
五　はるけくも辿りしあとの懐かしく　徳臣
六　青田をわたる風のさゝやき　成次
七　四方の海波しづもれとたゞ祈る　正冨
八　月みる草の姿うるはし　高文
九　天はれて鹿棲む山のあらはれん　長平
十　奈良の都はいとさはやかに　区長
十一　果てしなく経りにし時を重ねてみて　和之
十二　遠霞みしをいろどりとせり　豊孝
十三　咲きみてる花ひとゆれに際だてる　宮司
十四　つがひの蝶のもつれ舞ひつゝ　宗匠

名残折・表

一　ふりそゝぐ光のどけき国まほら　　執筆
二　にはかに夢もさめて霜原
三　北の果こがねもとめて老いにける
四　唯ひとつ代の生きのさまざま
五　天地を貫きて立つ屋久の杉
六　思はぬ方に虹さし渡す
七　大滝のしぶきたしかにひろがりて
八　罪もけがれも今はなき身ぞ
九　月いでて片山すそはなほくらく
十　奥ゆかしくも白萩うかぶ
十一　馬おひのなきそめにけりひとしきり
十二　いとしき女《ひと》よ霜踏みて来よ
十三　きはさやか君のうなじのつやゝかに
十四　かなたの森の匂ひたつらん

名残折・裏

一　はれわたり今を盛りの蟬の声
二　逆巻く波に舟とびあがる
三　ひさかたに訪へる古さとなつかしく
四　何事もなく時すぎゆかん
五　かげろふの棚引く野辺に牛の群れ
六　深山《みやま》に入れば鶯の声
七　谷かげの名残の花を尋ねきて
八　京都《みやこ》平野に春の曙

須佐神社
奉納之連歌

平成六年七月二十一日
十五日　福島家、廿一日　拝殿

賦《ふす》何《なに》草《くさ》

一　神しらす夏まがつひの隈もなし　房臣
二　斎垣《いがき》につづく瑞《みづ》青楓　良弘
三　澄み渡る空高々と月いでて　良静
四　端山にかゝる雁ひとつ逸《そ》れ　直方
五　つらなれる舳解き放たん秋の潮　市長
六　霧清らかな河口の街　靖夫
七　いづこより妙なる薫りよせくるか　直治
八　国原すでにことほぎの色　源太郎

初折・裏

一　こもまくら高橋架くる初めなり　三七男
二　雪かろやかに降りつもるらし　房信
三　暮れぬ間の越《こし》の尾根路に風寒く　長治
四　去年《こぞ》と異なるきびしさにして　徳臣
五　しけるとも舟出す外のたつきなし　成次
六　ふるさと恋しおふくろの味　正富
七　思ひこがれ今さはやかと翁いひ　竹美
八　月白くしていざよひいづる　長平
九　稲架けの風にそよぎてつったてり　区長
十　六十ぢの坂もしづかに越えて　和之
十一　広き野にむれ遊ぶ声かまびすし　豊孝
十二　天地はみな霞の中ぞ　宮司
十三　今さらに待つ人多し花便り　宗匠
十四　蜂飼《はちかひ》親族《うから》旅立たんとす　執筆

名残折・表

一　東の方はわづかに明るみて
二　薄霜の井を祓ひ清むる
三　御使ひ荷前《のざき》の筐は結ひしまゝ
四　常磐木おほふ断崖《きりぎし》の道
五　天つ日のやきつくすがに照りつづき
六　川底を掘りみもひをさぐる
七　田作りも人の暮しも水だのみ
八　苦しき恋のはたしてなるや
九　兼言を若草の枝に書き結び
十　なほはかなきは雉のひと声
十一　かげろふはものゝ勢ひそのまゝに
十二　杳尾港に戻る釣舟
十三　大海原さやけき月を友として
十四　朝夕すだく虫の音あはし

名残折・裏

一　風立てる宮居の森に萩そよぎ
二　みのりし稲穂大野にみつる
三　山道を登りきはめてながむれば
四　稀なる齢《よはひ》いつしか過ぎぬ
五　いと狭き庭の面なれど下萌ゆる
六　水も温めり酒を酌まんか
七　みだれ咲く花の香りに誘はれて
八　声をかぎりにうたふ鶯

須佐神社
奉納之連歌

平成七年七月二十一日
十五日　福島家、廿一日　拝殿

賦《ふす》何《なに》風《かぜ》

一　世にしるく言の葉しげる祭かな　房臣
二　八重垣こめてしく簟《たかむしろ》　良弘
三　瀬を近み鮎いさぎよくをどるらん　良静
四　山深ければ水かさおほし　直方
五　風おこる裾野はなべて靄の中　市長
六　いづこともなく虫なきいづる　靖夫
七　昇るごと月あくまでも清くして　直治
八　心のくまはさはやかにはれ　源太郎

初折・裏
一　地底《つちぞこ》の長路《ながぢ》をひとり歩みつゝ　三七男
二　甦れかし雪に伏す里　房信
三　植ゑおきし幹太々と花やさぞ　長治
四　水温む野に若菜つむこゑ　徳臣
五　さはら東風祝旗《ほぎはた》なびく船おろし　成次
六　雲居はるかに春陽みなぎる　正富
七　つんなふて二人の歩幅そろひたり　竹美
八　熱き思ひに身をあくがれて　長平
九　木くらきに来まさぬ君を待ち侘る　区長
十　み寺の庭はしづかなりけり　和之
十一　幾山を雁のひとつら渡りけん　豊孝
十二　たゞひとすぢぞ月をたよりに　宮司
十三　けふはまたしらぬ花野に暮ゝらし　宗匠
十四　入江につづくかの磯馴松《そなれまつ》　執筆

名残折・表

一　地震《なゐふ》りし摂津の浦廻いかならん
二　時雨しのぎて尽す若きら
三　豊かなる代にも恵まれ生ひ立ちて
四　家新しくきなく鶯
五　狭けれど草かうばしく発ちいでて
六　帰るあてなき旅立のどか
七　尊かる法《のり》の名のもとあだしごと
八　人のしわざと思へぬたはけ
九　天地はよきもあしきもつゝみこみ
十　露のかゞやきいやまさるらん
十一　澄み渡る空高々と月てらし
十二　妻恋ふを鹿たちすくみゐる
十三　戦《いくさ》敗れ契りし人はさきくあれや
十四　力をあはせ村おこしせん

名残折・裏

一　ねもごろに育てし蛍放ちたり
二　蛇淵《じやぶち》の滝に児らはしゃぎゐる
三　森をかぎる茜の雲のあざやかに
四　遠き石道いづこにつづく
五　ひと本の花うるはしき畦にして
六　広き丘の上蝶舞ひいづる
七　栄えゆく九重の内暖く
八　はらかのみ贄《にへ》たてまつる朝

平成八年七月二十一日

十五日　福島家、廿一日　拝殿

須佐神社

奉納之連歌

賦《ふす》何《なに》人《ひと》

一　たける陽に歌たかかれや御祭　房臣

二　もろの青葉のきほふ玉垣　良静

三　八雲湧き早る野山の潤ひて　良雲

四　しばし潮の音調べしるくも　直方

五　断崖《きりぎし》のめぐらす入江げに広く　市長

六　道のしるべは雁のひとつら　靖夫

七　やうやうに有明の空明けはなち　直治

八　むすぶ露にぞ香をとどめおく　源太郎

初折・裏

一　新しくひらけし街のきよらかに　三七男

二　古き松並残すゆかしさ　房信

三　風すさび深き山あひ雪ならん　長治

四　神楽太鼓のひゞきたかまる　徳臣

五　玉章《たまづさ》に思ひの丈を尽しあひ　満洲雄

六　あへなく消えたうたかたの恋　正冨

七　白南風《はへ》をはらめる舟の艫《とも》をとき　竹美

八　世にめづらしき事の前後《あとさき》　長平

九　時じくにひとときはたかき虫の声　区長

十　雲片去りて月さやかなり　和之

十一　五百年《いほとせ》に及ばん秋の歌筵　豊孝

十二　大和心を集ひ閲せん　宮司

十三　うれしさは丘てふ丘につづく花　宗匠

十四　祓川の面水ぬるみたり　執筆

名残折・表

一　ねんごろに育てし苗を束ねゆく
二　孕める猫の足重たげに
三　手をつなぎ走る童の髪みだれ
四　青田にそよぐ風の涼しさ
五　さなぼりに遠近集ふ神の庭
六　お国自慢の話とびかふ
七　恋わびし少女も今は白髪にて
八　古き思ひ出木枯に消え
九　沖荒れて岩うつ波もなほ寒く
十　熱燗にして飲み明かす夜
十一　月迎ふ所はここと定めおき
十二　袖に露おく深草の里
十三　たつ霧も麓の道は消えがたく
十四　四方八方より寄する色鳥

名残折・裏

一　町づくり工匠《たくみ》の顔はかがやきて
二　蛍とびけん川潰えさり
三　よそめには整ひにける天地に
四　雨風嵐地震《なゐ》ふるもあり
五　何ごとも無きがにひと日田を起こし
六　霞たなびく遠の山本
七　まだ咲かぬ吉野の奥に花をみて
八　豊寿ぎまつる葦原の春

須佐神社
奉納之連歌

平成九年七月二十一日
十五日　福島家、廿一日　拝殿

賦《ふす》山《やま》何《なに》

一　鉦おろし蟬も来よかし神御座《かむみまし》　房臣
二　明けたつ青田きはやかに色　良弘
三　遠くより花橘の薫り来て　良静
四　清らになれるかはらけをとる　直方
五　大街に埋もれて残る家古び　市長
六　薄くおく露きらめきやまず　靖夫
七　山きはをはなるゝ月の音をきき　直治
八　やうやう虫の声さだかなり　源太郎

初折・裏
一　舳先をば白砂深く乗り入れて　三七男
二　肩にあまれる沖つ藻の暈《かさ》　房信
三　ふみ分くる雪の細道遠からん　長治
四　軒低くして灯も凍るがに　徳臣
五　敢死《ひたぶる》に恋せし乙女いかにます　満洲雄
六　槇の戸ひらく衣ずれの音　正冨
七　いづこより暁の鐘聞こゆるか　竹美
八　峡の賤家に残る月代　長平
九　遠目にも山てふ山は秋の色　区長
十　隈なき空に鴫なきしきり　和之
十一　新しき空港づくり着々と　豊孝
十二　根津《ねづ》の浦廻《うらわ》に霞たなびく　宮司
十三　匂ひたつ神の花なり十重二十重　宗匠
十四　事無酒《ことなぐし》酌む麗かな里　執筆

名残折・表

一　争ひは東風吹きそむる朝まで
二　いやなごやけくいやおほらけく
三　今日もまた手をとりあひて行く旅路
四　よも別れとは思はざりけり
五　榾の火に恋を消したり夢現
六　世は戦なりわれを立たしむ
七　滝つ瀬のけはしき流れせきとめて
八　はやす心をしばしとどめん
九　どことなくうたての風は秋の声
十　火の山肌に茅の穂ゆらぎ
十一　名にしおふ阿蘇九重に月さやか
十二　野分荒れたる後のしづけさ
十三　まち角のひろがる限り影もなく
十四　つひの栖《すみか》ときめし東屋

名残折・裏

一　蛍とび昔ながらに里の川
二　源《もと》清ければ末濁らざる
三　田並びを整へてゆく音しげく
四　史《ふみ》にもとどめ語りつがなん
五　百年《ももとせ》の巡り来りて返さんと
六　蝶舞ふ丘に牛もあそびて
七　とことはに花咲ききそへ筑波嶺《みね》
八　京都《みやこ》は弥生うまし真秀呂婆《まほろば》

平成十年七月二十一日

十五日　福島家、廿一日　拝殿

須佐神社

奉納之連歌

賦《ふす》白《しら》何《なに》

一　神天降《あも》る雲八重垣の祭かな　房臣

二　依りたまへかし敷く簟　良静

三　大川の清き流れに潮押して　良総

四　妙なる香り満ちて淀まず　直方

五　新しき庵虫の音ひときはに　市長

六　植ゑそへにける木々のもみぢ葉　靖夫

七　年ごとに所をえらび月迎ふ　直治

八　山深ければ暮れやすきころ　源太郎

初折・裏

一　とりどりの鳥は塒に帰るらん　三七男

二　行きかふ車しげきあと先　房信

三　石上古き都のよみがへり　長治

四　千かへりめぐる青葉なりける　徳臣

五　漁火の見ゆる磯辺にたちいでて　満洲雄

六　あはき契りに時を忘るゝ　正富

七　山の端に雁のひと列渡りゆき　敏夫

八　京都平野に月待ちわぶる　長平

九　産土の森はいつしか霧の中　区長

十　二月後の神楽手ならふ　和之

十一　北西に雪をつれだす風吹かん　豊孝

十二　ひそと街並みつづくはるかに　宮司

十三　咲き満るまでは散らさぬ花雄々し　宗匠

十四　舞ひかけりたる蝶のひとひら　執筆

名残折・表

一　たゞならぬさまに濁江温みをり
二　すくふ仏のあらはれまさん
三　分け入りし鶴の林のなほ暑く
四　へだつる雲の消えてゆく峰
五　別れつる悲しみわざくれ酒によせ
六　世に二人なく恋しき君よ
七　降る雪のつもる思に身をせめて
八　凍てる両手に注連なひこむる
九　風自在物の怪右左破れ築地
十　終《つひ》に住みかぞ露しとゞなる
十一　おとなへる月こそ永の友ならめ
十二　鴨の高音はしじまを破る
十三　岩肌の所々にもみぢ映え
十四　田作興さん人の和ひろげ

名残折・裏

一　物あふれ人の情の薄くなり
二　藁すべひとつ水面に浮ぶ
三　きり岸に鳴くほととぎすこだまして
四　蛍とびかふ宵のひと時
五　いづこにかそぞろ歩きの道果てむ
六　遠々しくも風光るなり
七　谷かげに名残の花は今盛り
八　心もはづむ鶯の声

須佐神社
奉納之連歌

平成十一年七月二十一日
十五日　福島家、廿一日　拝殿

賦《ふす》御《おん》何《なに》

一　青田にぞ真力そふる須佐の神　房臣
二　くさぐさの御饌《みけ》載する緋扇　良総
三　ひと本の太き柱を打ち立てて　良哲
四　山の中処《ど》に開けゆく街　直方
五　未だなほさはやかな隈のこしつゝ　市長
六　朝日子うけて露しめりせん　靖夫
七　夜をこめて月を育くむ玉雫　直治
八　げにさざれ石の巌となるべし　源太郎

初折・裏

一　はろばろと訪へば苔むす道の奥　三七男
二　したたる清水しばし掌にうけ　長治
三　祖父《おほおや》がまうけし狩屋破れもせで　徳臣
四　時ををしみて忍び逢ふ夕　正啓
五　結ばれぬ仲にしあれど断ちえざる　照和
六　雪をつれだす西の速風　敏夫
七　山田道児らはしやぎつつ駆去りぬ　正富
八　海原遠く雁のひとつら　長平
九　いたづらに秋の夜長をもてあまし　区長
十　月の満ち欠けしらぬまにすぐ　和之
十一　読み耽り歌ひふけりて時更くる　豊孝
十二　うぐひすの音にまどろみしばし　宮司
十三　ゆるく疾く流れたゆたふ花筏　宗匠
十四　のどけさまさり栄えゆく里　執筆

名残折・表

一　寺なほり女がき男餓鬼も安らひて
二　氷室につるす酒強からん
三　来ぬ人をいまか今かと待ちわびて
四　はかなく去《い》ぬる別れ路の霜
五　むさし野につづく林の果てもなく
六　天蚕をもとめ葛かき分くる
七　行くほどに砧の音の澄みにけり
八　遠き外つ国夜寒さすがに
九　月まろく潮銀にかがやきて
十　残んの月をわる蕗のとう
十一　ひそと聞く初音も高き宮の森
十二　山肌匂ひ児ら学び卒ふ
十三　新しき駅《うまや》成りたる町づくり
十四　朝の目覚めに望む海原

名残折・裏

一　白き瀬に若鮎はぬる里の川
二　ものみななべていと涼しかる
三　をちこちに陶《すゑ》やく煙それとみて
四　なかば姿をかくす唐傘
五　歌詠みは天つ客人《まらうと》足早に
六　野面をおほひ陽炎のたつ
七　とこしへに花咲きみつる筑波嶺
八　ことほぎまつる八つ並の蝶

平成十二年七月二十一日
十五日　福島家、廿一日　拝殿

須佐神社
奉納之連歌

賦《ふす》青《あを》何《なに》

一　ちはへかし言の葉山の郭公　房臣
二　潮涼しくもさせる川口　良総
三　さなぼりの千町田《ちまちだ》すでにをさまりて　良哲
四　薄雲さらに色づきにけり　直方
五　たちまちに月代のぶるひときはに　市長
六　やうやうしげきもろ虫の声　靖夫
七　片隅の菊の香庭に満つるころ　直治
八　水際ことに清さいやます　源太郎

初折・裏

一　のちの世をうつす鏡のくもりなく　三七男
二　しく白雪のしげきをしのぎ　長治
三　ひたすらに醤《ひしほ》販《ひさ》げば鱄《ひゞ》の日々　徳臣
四　家門高く商ひを継ぎ　正啓
五　折々にあまたの歌を詠みいだし　代理・田原哲雄　照和
六　外山をめぐる道のつれづれ　秀記
七　立つ霧のはるゝもはやき舟どまり　正富
八　あららぎを訪ふ月影の中　長平
九　えもしれぬあやしき教へうそ寒く　区長
十　夕ぐれ告ぐる鐘ひびきをり　和之
十一　人肌の色香しみいる酒をうけ　豊孝
十二　あだし兼言かげろふに失せ　宮司
十三　ちりしきる花にうづめむ恋心　宗匠
十四　里平らけきまゝにのどけし　執筆

名残折・表

一　いづこより妙なる薫わくならん
二　流れて止まぬ深山路の谷
三　名を得ざるくはしき境求《と》め歩き
四　古き傷痕疼く老いの身
五　借店《だな》を出づるあてなく梅雨に入る
六　四六の蝦蟇《がま》は汗も落さず
七　通し矢の的は間遠し見据ゑてむ
八　風の音《と》遠くしたひわびつゝ
九　吉野なる花野や男女《めを》が思ひ草
十　露に幽《かそ》けき陰《かげ》のつれ舞
十一　地震後《なゐあと》に無常の月は隈もなく
十二　水面《みなも》にゆるゝ薄氷《うすごほり》にて
十三　榾《ほだ》かこむ四方山話は酒になり
十四　なみなみならぬ峡《かひ》のわび住《すみ》

名残・裏

一　建つ家の形《かた》さまざまに競ひあひ
二　つはものの夢あとかたもなく
三　歌よみの暑さにたへてたぢろがず
四　西日のさして蟻のはひ来る
五　里山を歩ききてしる風の道
六　広き平野に霞たなびく
七　みわたせばいづこの方も花の雲
八　春のまほろにいのる弥栄《いやさか》

須佐神社
奉納之連歌

平成十三年七月二十一日
十五日　福島家、廿一日　拝殿

賦《ふす》何《なに》路《ぢ》

一　神奈備に五百《いほ》つ榊の茂りかな　房臣
二　山車《やま》をいろどりあざやかに虹　良総
三　潮の香のゆたかな里としらるらん　良哲
四　岩門ごしなる辻風やさぞ　直方
五　ひとはらひたちまち霧の離れそけ　市長
六　湧きいづるがに虫の声々　靖夫
七　さしそむる月やうやうに影ひろげ　直治
八　天地なべてげにもさはやか　源太郎

初折・裏
一　おのづから固まり成れる島ひとつ　三七男
二　雪の白きに埋れて立てり　長治
三　古びたる毛衣いまだ肌にあひ　重俊
四　商ふ声のたけくたしかに　正啓
五　たくましき母の思ひ出ほろ苦く　秀記
六　恋に浮名をながしつづけき　照和
七　あひみての裳裾の色を忘れかね　正富
八　むら雲さりて望の月はゆ　長平
九　塒なる雁がねすでにい寝しころ　区長
十　子らの笑顔に英彦《ひこ》の秋風　和之
十一　学び舎に集ふ窓べのなつかしき　豊孝
十二　土をさまりてのどかなりけり　宮司
十三　谷川のしぶきに花の新しく　宗匠
十四　いぬゐの方に残る雪代　執筆

名残折・表

一　傾ける伏屋をおほふ夕茜
二　や、おくれ来る時鳥にて
三　われがちに駆けてすさまじ競べ馬
四　烏帽子《えぼし》狩衣《かりぎぬ》五位《ごゐ》の蔵人《くらうど》
五　うちつづく紫の庭ひろやかに
六　丘なだらかに榾火ゆらりと
七　折からの時雨に宿る軒もなく
八　涙ながらに季《とき》うつり行く
九　音にきく錦木てふはこれならん
十　思ひわぶるもそぞろ寒かる
十一　あけのこる月にあしたを問ひかねて
十二　すがしき露をむすぶ垣内
十三　声あらげ河口急ぐ双び舟
十四　根津《ねづ》の浦にもたたかひありき

名残折・裏

一　とぎれたる道に吊橋かかりをる
二　猟師《さつを》ならではたが通るべき
三　人しれぬ宿りはことに涼しくて
四　ちりばめつくし蛍とびかふ
五　野の隈の土くれにほひたちにけり
六　雨暖かくひとときにすぎ
七　古き友交はり深く花に酒
八　吹くもめでたく九重に東風

須佐神社
奉納之連歌

平成十四年七月二十一日
十五日　福島家、廿一日　拝殿

賦《ふす》花《はな》何《なに》

一　白幣《しらにぎて》ゆらかす風の薫り哉　房臣
二　古きためしと敷く蒲筵　良静
三　浜松の老木若木はかさなりて　良哲
四　潮目もいつか沖にうつりぬ　直方
五　上もなき恵みみなぎりさはやかに　市長
六　鳴きいでたるはそは鈴虫か　靖夫
七　ふたたびは曇らじ月の影をまし　直治
八　夜をうしはぐ露のかがやき　源太郎

初折・裏

一　流離《さすらひ》の旅終りたりゑらぎつゝ　三七男
二　よきしらせ待つ古里の家　房信
三　奥深きみ山の水も温むてふ　長治
四　春浅ければ土の香いまだ　重俊
五　時ならず花のひとひら咲きにけり　昭典
六　幼き恋にとぢめはあらじ　照和
七　いらつこが結ひしみづらの艶やかさ　猛
八　くびをすくめる北風の道　正冨
九　ひろがりに動き始めるのぼり竜　区長
十　いざよし励め大和の国よ　和之
十一　それぞれになりはひはあれ心こめ　豊孝
十二　いさなとる身も田水落すも　宮司
十三　わが庭は桜もみぢの造りにて　宗匠
十四　迎ふる月のいよいよあかし　執筆

名残折・表

一　暑からぬ越《こし》の尾根道たどり行き
二　鳴神の声真下に聞きつ
三　遙かなる海面《うなも》ひろがり果てもなし
四　翔ける隼ゆくへもしれず
五　はげしかる雪しのぐには老いすぎて
六　さしもの松も吊縄に耐へ
七　磨かれしたくみのわざはかくあらん
八　惜しみてあまる別れなりけり
九　契りえず戦の場《には》にゆきし君
十　あきつ茜に空おほふとき
十一　つきを待ち酒なみなみと注がれをり
十二　こぼれ落ちたる白萩の数
十三　石投げて水面をはねる波いくつ
十四　漕ぎゆく舟の櫓音しづかに

名残・裏

一　去年《こぞ》今年激しく動く世の中に
二　上り下りの初荷をはこぶ
三　勇ましき駒のたてがみ風にゆれ
四　新しき園やうやう明くる
五　豊かなる平野に雲のたゆたふて
六　鄙の長路にかげろふのもゆ
七　ことほげば満つる花の香花の色
八　木々を渡りて鶯の声

須佐神社
奉納之連歌

平成十五年七月二十一日
十五日　福島家、廿一日　拝殿

賦《ふす》何《なに》世《よ》

一　さみだれの洩る隈もなし神の座《くら》　房臣
二　千木《ちぎ》おほふがに茂る榊葉　良静
三　山をぬく道たひらかに駆けり来て　良哲
四　浮き立つ雲のいよいよ白く　直方
五　満ち足らん夜に先立つ月ぞよき　市長
六　何事もなく野分過ぎたり　靖夫
七　湖底《うなそこ》の深さものかは水の澄む　直治
八　魚むれなして流れをなせる　源太郎

初折・裏

一　崖けはしとび交ふ鷗いさぎよく　三七男
二　動くきざしをみせぬ靄濃き　房信
三　あなかしこ奥《おく》つ城《き》ここに定まりて　長治
四　名はとこしへに高き梅の香　重俊
五　植ゑおきし花も盛りを迎ふらん　昭典
六　うまさけ三輪の山かげろへり　修崇
七　折敷《をしき》には鰭《はた》の広物揃ひたる　猛
八　庭のかたへに鈴虫の声　正冨
九　やうやうに野も狭《せ》に秋の色みちて　区長
十　月影を負ふ君と別れき　和之
十一　かへりみて何とも淡きかの日なり　豊孝
十二　道はつづらにとぎれとぎれつ　宮司
十三　みはるかす大野豊かに水あふれ　宗匠
十四　雪のふすまにつつまれし里　執筆

名残折・表

一　凍風にのりて神々天降ります
二　あやかしもよくものいふ夕べ
三　聳えたつ杉の大樹のふしくれて
四　とりどりの鳥群れの数増す
五　新しき街河口にひらけゆき
六　棚引く霞香をはらみつゝ
七　土をはじき棚田耕す谷静か
八　森をかすめて東風わたり来る
九　それなりにいともたふとき石仏
十　多久に聖もまた伝はれり
十一　雲をわけ月の光の涼しくて
十二　汗をぬぐひてしのび逢ふ宵
十三　老いてなほ契りえざりし仲の憂き
十四　真青な空どこまでつづく

名残・裏

一　さらさらと筧の水の落つる音
二　あふれてひやり面をゆらす
三　こがらしの入日南に傾きて
四　村の家々灯火ともる
五　山々ははるかに遠くしづまりて
六　土をやぶりて芽吹く青草
七　匂ひたつ花のきはみも近からん
八　あられはしりのことほぎの庭

■初出一覧（記載のない分は書き下ろし原稿）
初めての奉納連歌シンポジウム――「ぎおんさん」81号、昭和五十六年十二月一日

＊

【講演】連歌をめぐって
法楽こそ連歌の原点――「ぎおんさん」83号、昭和五十七年二月一日
奉納連歌・実態と展望――「ぎおんさん」84－85号、昭和五十七年三月一日・四月一日
うた法楽の諸相――「ぎおんさん」86号、昭和五十七年五月一日
中世連歌と現代――「ぎおんさん」82号、昭和五十七年一月一日

＊

【討議】現代の奉納連歌――「ぎおんさん」87－93号、昭和五十七年六月一日－十二月一日
【連歌実作】奉祝連歌を巻く――「ぎおんさん」95－99号、昭和五十八年二月一日－六月一日
【シンポジウムを終えて】連歌復興への今後の課題
奉納連歌シンポジウムを終えて――「ぎおんさん」93－94号、昭和五十七年十二月一日－五十八年一月一日
造営奉祝に最高の神事――「ぎおんさん」94号、昭和五十八年一月一日

＊

連歌はよみがえりえないか――「ぎおんさん」73－80号、昭和五十六年四月一日－十一月一日

＊

【付録】平成の連歌――『平成の連歌』須佐神社・連歌の会編、平成九年十月一日（平成十一－十五年分追加）

●一部、本書収録にあたり題を改めた。講演・討議・連歌実作の速記は、亀井又市氏（福岡県犀川町）による。

編集後記

この本の主要部分を成すシンポジウムは、昭和五十六年十一月開催のものだが、その内容は現代的価値を減殺するものではない。

連歌は、数人が同座して音声で自句を出し合い、一作品を完成する共同制作の歌である点、また歴史の洗練を経た美しい日本語を詩歌という凝縮表現を以てする点あたりに特長がある日本独自の詩歌であるのだが、明治期以後いろいろな事情からぱったりと姿を消してしまった。

連歌廃絶の明治・大正・昭和の間、全国でただ一つ新作連歌を詠み出してきた行橋市では、同時代に比較するもののない創作連歌を続けるには幾多の課題を背負い込んだ。この問題を解決するために開催されたのが「奉納連歌シンポジウム」である。このシンポジウムのパネリストと全国から集まった学者など専門家の皆さんは真剣な検討を続けた。その成果は二十年後の今日においても充分に通用する。

第十九回国民文化祭行橋連歌大会が開催されるにあたって、その主資料として、前回当地で開催されたシンポジウム資料は欠くをえない。本書を発刊する所以である。

（高辻記）

平成十五年八月二十日

●第19回国民文化祭行橋市連歌企画委員会（50音順）
有川宜博，今居良哲，門田テル子，高辻安親
筒井みえ子，原田ゆみ子，松清ともこ

事務局
行橋市中央１－１－１　行橋市教育委員会内
国民文化祭行橋市連歌企画委員会
TEL 代表0930(25)1111

よみがえる連歌《れんが》
昭和《しょうわ》の連歌《れんが》シンポジウム

■

2003年10月１日　第１刷発行

■

編者　第19回国民文化祭行橋市連歌企画委員会
発行者　西　俊明
発行所　有限会社海鳥社
〒810-0074 福岡市中央区大手門３丁目６番13号
電話092(771)0132　FAX092(771)2546
http://www.kaichosha-f.co.jp
印刷・製本　有限会社九州コンピュータ印刷
ISBN 4-87415-460-3
［定価は表紙カバーに表示］